BIBLIOTHEK DES 18. JAHRHUNDERTS

Hérault
De Séchelles

Theorie des Ehrgeizes

Mit einem **Anhang**
Gedanken über Vortragskunst
und
Reflexionen
und Anekdoten

Übersetzt
und herausgegeben von
Henning Ritter

Verlag C.H.Beck
München

Mit einem Frontispiz
nach einem Porträt von Hérault de Séchelles
(Harlingue – Viollet, Paris)

ISBN 3 406 42337 X

Umschlag, Einband und Titelblatt gestaltet von
Juergen Seuss, Niddatal
Gesamtherstellung: Kösel, Kempten
Gedruckt auf säurefreiem, alterungsbeständigem Papier
(hergestellt aus chlorfrei gebleichtem Zellstoff)
Printed in Germany

Inhalt

Theorie des Ehrgeizes

Theorie des Ehrgeizes

Vorwort des Verfassers

Mit besonderer Aufmerksamkeit die Bücher der berühmtesten Schriftsteller, wie Rousseau, Montesquieu, und griechische, lateinische Autoren lesend, das Verhalten der großen Männer, die die Welt in Erstaunen versetzt haben, und den Instinkt der Tiere, die man hier antrifft, sowie die Bewegung dieser ganzen Materie beobachtend, ist ein Krautjunker in einem alten Schloß, das sich wie ein Adlernest über der mantuanischen Ebene erhebt, von mehreren neuen Ideen heimgesucht worden, die ihm in dem Augenblick ziemlich bedeutend vorkamen. Er überredete sich, daß er das Geheimnis vieler Edelleute entdeckt und in einer Reihe von Punkten sogar vervollkommnet habe. Diese Art von Meditationen erinnerte ihn an das Mittel, welches Caesar anwandte, und in allem Freimut verfaßte er diese kleine Theorie des Ehrgeizes, um sich ganz allein oder bestenfalls mit einem Freund, der nicht ehrgeizig war, zum Lachen zu bringen.

Fas mihi Graiorum sacrata resolvere jura.

Es ist mir erlaubt, der Griechen heilige Rechte zu lösen.

Das eigentliche Ziel dieses Werkes findet sich im sechsten Abschnitt des vierten Kapitels.

Erstes Kapitel

Allgemeine Regeln, wie man ein Genie wird

I

Glaube an dich, erkenne dich, achte dich. Die gewohnheitsmäßige Befolgung dieser drei Maximen macht einen Mann gesund, aufgeklärt, gut und glücklich.

II

Hauptgegenstände des Studiums: innerer und äußerer Mensch, Weltall, Wissenschaften, Literatur, Künste, Handwerk, Landwirtschaft, Politik.

III

Qui bene definit et dividit tanquam Deus.
Wer gut definiert und einteilt, gleicht Gott.

IV

Richte deinen Blick nacheinander auf eine Reihe von Einzelwesen, indem du bei dir selbst beginnst und dich zum Vergleich nimmst; suche dann das Gemeinsame, und du wirst finden, daß das, was in dir ist, in allem ist; daß alle zusammengesetzten Wesen, die eines vom anderen leben, sich wechselseitig ohne Unterlaß Stoff, Eigenschaften und Bewegung mitteilen; daß alles, was zusammengesetzt ist, einander der Art nach ähnlich und nur in Quantität und Anordnung der Elemente verschieden ist. Durch dieses Verfahren erlangt man zunächst ein spezielles und dann das allgemeine Wissen. Um es anzuwenden, genügt es, sich dem Impuls des Instinktes zu überlassen, der uns mit der Analyse beginnen und mit der Synthese enden läßt. Jeder würde diesen Weg einschlagen, würde er nicht von Lehrmeistern tyrannisiert, die zwischen ihn und die wirklichen Dinge treten. Denn wenn wir in dem Alter angelangt sind, wo der mit Tatsachen überladene Geist das Verlangen hat und auch die Fähigkeit besitzt, einander ähnliche Tatsache miteinander zu verknüpfen und sie unter einem gemeinsamen Namen zu klassifizieren, damit nutzlose Unterscheidungen unterbleiben, Verwirrung vermieden und Arbeit ersparen wird, werden in unserem Gedächtnis bloß Namen deponiert anstatt Beobachtungen, die mit Lust und Schmerz verknüpft sind. So wird die Methode des reifen Alters auf die Jugend übertragen, so daß wir dort anfangen, wo wir enden sollten.

V

Sobald also der Kopf begonnen hat, tätig zu werden, muß man alles Räsonieren (Menschen und Bücher) von sich fernhalten, und sich, da ein einzelner nicht alles sehen kann, mit Praktikern umgeben und ihre gemeinsamen Beobachtungen und allgemeinen Wahrnehmungen aussondern, prüfen, mit Hilfe von Ähnlichkeiten erweitern und nochmals prüfen.

VI

Eine Gesellschaft von guten Praktikern, die sich vom Instinkt leiten lassen und weder die Macht noch den Wunsch haben, einen Beobachter zu täuschen, würden eine rechte Menagerie ergeben.

VII

Alle Individuen der menschlichen Gattung und die aller anderen Gattungen, die mit denselben Organen versehen sind wie wir, haben annähernd dieselben Bedürfnisse, Fähigkeiten und Gefühle. Von den Zügen, die alle einander ähnlichen Lebewesen gemeinsam haben, bezeichnen wir diejenigen Eigenschaften, die bei einem einzelnen stark hervortreten und dominieren, als seinen Charakter. Was dagegen weniger auffällt oder seltener ist, entgeht der Wahrnehmung und dem Scharfblick des Betrachters. Sind aber diese Züge bei anderen Menschen bis zum äußersten gesteigert und vorherrschend geworden und machen deren Charakter oder bei Tieren deren Instinkt aus, dann werden sie auffallend und lassen die Nuance, die man anfangs nicht wahrgenommen hatte, erst erahnen und dann deutlich hervortreten. Auf diese Weise wird das zerstückelte, gleichsam über die Erdoberfläche verstreute Bild von jedem Menschen durch die Beobachtung allererst vollendet und vervollständigt. Der Mensch sieht nun in den anderen Wesen die verschiedenen Stücke seines eigenen Wesens. Sich selbst sieht er ganz nur in allem.

VIII

Um genaue und vollständige Beobachtungen zu machen, muß man wissen, was zu beobachten ist. Dafür muß man Tabellen von dem anlegen, was allen Wesen gemeinsam ist und bei jedem einzelnen eine besondere Gestalt annimmt. Wie wir gesehen haben, gibt die Naturgeschichte die Naturgeschichte des Individuums wieder. Wo es sich aber um bürgerliche, häusliche, politische Verhältnisse handelt, werden wir den Bürger in Relation zu allem setzen, was ihn zu den verschiedenen Tageszeiten, Jahreszeiten, Lebensabschnitten umgibt. Dann werden wir die von uns entworfenen Tabellen zu Rate ziehen, daneben Reiseberichte, sehr ins einzelne gehende Geschichtsbücher und Werke der Politik. Nachdem wir dies alles sorgfältig analysiert und klassifiziert haben, werden wir eine Tabelle anlegen, die uns den zivilisierten Menschen unter unendlich vielen Aspekten sehen läßt und uns helfen kann, unsere Analysen zu vervollständigen, indem sie uns darauf hinweist, ob wir etwas übersehen haben.

IX

Die vier Hauptelemente des philosophischen Geistes sind also: 1. die Beobachtung oder Darstellung der Verschiedenheiten; 2. die Verallgemeinerung oder Darstellung von Ähnlichkeiten; 3. die Begrenzung oder Angabe des Maßstabes; 4. die Anwendung oder Bestimmung der Umstände, deren einmalige und besondere Verknüpfung jeden Einzelfall ausmacht.

X

Zeit, Ort, Art und Maß: auf diese vier stößt man bei allen Fragen und sie dienen dazu, sie zu präzisieren.

XI

Die Gegensätze folgen einander auf natürliche Weise in uns und außer uns. Es ist mir weder nützlich noch möglich, den Grund der Erscheinungen herauszufinden. Aber es ist für mich wichtig zu wissen, daß auf eine bestimmte meiner Bewegungen eine andere folgen wird. Der Zirkelschluß ist also die beste aller Schlußarten.

XII

Eine gute Analyse ist die Mutter einer guten Synthese, und die Unterschiede sind der Rohstoff der Ähnlichkeit. Denn sie sind dasjenige, was bei jedem Gegebenen als verschieden wahrgenommen wird, was aber ähnlich ist, wenn ein Gegebenes mit einem andern verglichen wird.

XIII

An sich selbst die Bewegungen, Neigungen und Eigenschaften beobachten, sie dann aber außerhalb seiner selbst suchen; die Progressionen weiterführen, den Grund der Erscheinungen in stärkster Ausprägung aufsuchen: drei große Schlüssel.

XIV

Man suche zu beobachten, was es mit der Idee der Schwäche und Eitelkeit bei den Frauen auf sich hat.

XV

Um eine Theorie gut zu begründen, sollte man die Analyse immer bis zu dem Punkt vorantreiben, wo die Äußerung der Leidenschaften beginnt.

XVI

Geht es um die Arten, mache man sich als erstes vom Zahlbegriff frei. Geht es um die Quantität, klassifiziere man zunächst die Arten.

XVII

Der Nutzen der Klassifikation besteht darin, daß sie Gruppen bezeichnet, in denen wir das in unserem Gedächtnis Niedergelegte aufsuchen müssen. Die Angabe der Größenordnung dient dazu, die Grenzen zu bezeichnen, innerhalb deren eine Quantität zu suchen ist. Beide Methoden schränken das Versuchsfeld ein, verringern die Ungewißheit und sparen Zeit.

XVIII

Wollte man umständliche Untersuchungen in der Metaphysik abkürzen, müßte man sich Zeichen für die Arten ausdenken, wie es sie in der Mathematik für die Mengen gibt.

XIX

Die Moral ist die Wissenschaft von den physischen Strebungen oder Neigungen. Sie handeln also von den Phänomenen der Anziehung und der Abstoßung.

XX

Mittels dieses Grundsatzes kann man aus einem spekulativen Axiom stets eine praktische Regel ableiten. Mit einer bestimmten Eigenschaft ist eine bestimmte andere Eigenschaft verknüpft. Will man eine der beiden, rufe man die andere hervor.

XXI

Jedes Individuum ist der Mittelpunkt des Universums. Ein einzelner Gedanke ist nichts als die Darstellung, die Nachbildung eines Individuums. Jeder einzelne Gedanke kann also der Mittelpunkt aller anderen sein.

XXII

Geistige Physiognomik oder die Kunst, es einem Vorschlag auf den ersten Blick anzusehen, was dessen Ergebnis oder Ausmaß sein wird, welche und wie viele Wesen an der Eigenschaft oder der Bewegung, die sie ausdrücken, interessiert sein könnten. Diese Kunst ist weit nützlicher als die reichste Phantasie, sie macht dieses Vermögen fast überflüssig. Denn dem, der sich auf diese Kunst versteht, gibt sie die Herrschaft über die ungeschliffensten Menschen, und alle Gehirne arbeiten nur in seinen Diensten. Der Kopf eines solchen Physiognomikers verhält sich zu anderen Köpfen wie sein eigener Kopf zu seinen Armen.

XXIII

Ein zutreffendes Bild ist immer der besondere Fall eines Prinzips, das dadurch erklärt werden soll, oder es ähnelt dem Sachverhalt, mit dem es verknüpft ist.

XXIV

Bevor man eine Untersuchung beginnt oder eine Frage erörtert, analysiere man immer zuerst den Menschen (durch Empfindungen, Gefühle, geistige Fähigkeiten). So kann man sich im Ziel, in den Mitteln und in der Vorgehensweise nicht täuschen, wie die Bedeutung der Worte genau zu bestimmen sei, und verlangt vom Verstand nicht mehr, als er leisten kann.

Zweites Kapitel

Erwägung von Mitteln und Umständen, um die geistigen Fähigkeiten alle zusammen oder die einen auf Kosten der anderen zu steigern

I

Alle fünf Systeme des menschlichen Körpers – Atmung, Blutkreislauf, Verdauung, Zeugung, Denkapparat – erhitzen sich und kühlen sich ab, spannen und entspannen sich, füllen und leeren sich zugleich. Will man sich also erhitzen oder abkühlen, feucht oder trocken werden, den Kopf anfüllen oder entleeren, dann genügt es, den Bauch in einen solchen Zustand zu versetzen.

II

Wenn die Gesundheit ihr Maximum erreicht, kommt es in den Eingeweiden zur Fülle und in den Muskeln zu Krämpfen, der Kopf leidet Pein, und die drei Organe arbeiten nur mühsam: Suche Entspannung bei einer Frau oder durch ein ähnliches Mittel. Alles wird dann weich und geschmeidig, das Gehirn entkrampft sich, das Denken wird wieder frei und leicht, desgleichen Wort, Gebärde, Gang und alle äußeren Tätigkeiten.

III

Venus saepe excitata, raro peracta ingenium acuit.

Oft erregt, aber selten ausgeübt, stärkt das Liebesverlangen den Geist.

IV

Mehr noch, die lustvollen Bilder machen den Kopf frei, indem sie das Leben zur Mitte des Leibes lenken.

V

Die Denkkraft ist proportional dem inneren Leben (Wärme und Bewegung), höher, niedriger, jedenfalls über dem Grad, wo der Krampf einsetzt.

VI

Will man die Natur nach ihren Ähnlichkeiten und Übereinstimmungen studieren, muß man sie zwar immer gut beobachtet haben, darf sie aber nicht wirklich vor sich sehen. Denn alles, was Wärme, Bewegung, Empfindung und Leben von innen nach außen zieht, vermindert zugleich die Denkkraft und schwächt den Geist ab.

VII

Wenn man die Erscheinungen miteinander verbinden und ein System bilden will, sind die äußeren Gegenstände nur ein Hindernis. Dagegen verleihen sie Spannkraft und veranlassen zum Denken, wenn man sein Instrument zum Klingen bringen will.

VIII

Um die Starre von Bewegung, Wärme und Stimmung zu lösen, die aus einem zu lang ausgedehnten Nachdenken resultiert und die dazu führt, daß man unausgesetzt dasselbe Thema umkreist, ist nichts besser geeignet als eine Ortsveränderung, andere Menschen, Dinge und Einstellungen.

IX

Um die Denkkraft, wie überhaupt jede Art von Empfindungsvermögen, aufzufrischen, muß man von allem das Gegenteil eintreten lassen: Zeit, Ort, Menschen, Dinge, Umstände, Bewegungen, Eigenschaften.

X

Über die Themen hinweglaufen oder bei ihnen verweilen: Beide Übertreibungen sind gleichermaßen zu meiden. Die eine macht unklar, flüchtig und oberflächlich, die andere engstirnig, eintönig und langweilig. Man muß seinen Stoff zu wiederholten Malen hin und her wenden, dabei kleine Pausen bei jedem Teil machen.

XI

Der Augenblick des Erwachens gibt für Herz und Geist den ganzen Tag hindurch den Ton an. Also muß man den Tag mit etwas Schwierigem, einer Untersuchung, einem Aufsatz, einer Übung oder Handlung beginnen, damit man seiner Arbeit immer gewachsen ist, auch wenn die Fähigkeiten in demselben Maße nachlassen, wie die Sonne sinkt und der Mensch müde wird.

XII

Um seine Fähigkeiten anzuregen und sie wach zu halten, muß man sich andauernd Feinde suchen und sich ins Kampfgetümmel stürzen.

XIII

Mens excitatur ab oppositis, ergo mulier est plectrum viri. Renixus sopitum experge facit intellectum.

Der Geist wird durch Gegensätze erregt, deshalb ist das Weib der Streichbogen des Mannes. Der Gegenschwung weckt den schlafenden Geist auf.

XIV

Halte den Begriff von deinen Fähigkeiten hoch und arbeite, so wirst du sie verdreifachen.

XV

Sogar mittelmäßige Bücher und Menschen sind dem Nachdenklichen von Nutzen. Sie sind Anlässe zum Denken. Außerdem wirkt Dummheit erfrischend auf einen von Genie oder Geist erhitzten Menschen, und eine solche Gesellschaft ist gesund, weil sie uns das Prinzip unserer Bewegung außerhalb von uns finden läßt.

XVI

Große Fortschritte machen wir nur in einer Zeit, da wir melancholisch gestimmt sind, nur in der Stunde, da wir uns, mit der wirklichen Welt unzufrieden, eine erträglichere erschaffen müssen.

XVII

In den geistigen Operationen liegt für diejenigen, die unmethodisch denken, etwas Zufälliges. Aber wer Zeit und Ort auszuwählen versteht und eine dem Gegenstand seiner Arbeit entsprechende Lebensweise befolgt, in guter Luft und großer Höhe nachdenkt, wer sich zu konzentrieren und seine Person ebenso wie das, was er analysieren möchte, von der Umgebung abzusondern vermag, wer auch die kleinen Gewinne nicht verachtet, der häuft Pfennig auf Pfennig und wird unmerklich reicher. Er wird ein Crassus, den die Menschen mit großen Augen und offenem Munde anstarren.

XVIII

Mit der Zeit findet man seinen Platz, und das Publikum weist ihn einem in der geistigen Gesellschaft an, die man sich erwählt hat.

XIX

Nie wird man ein Thema gut abhandeln, wenn man kein unmittelbares oder mittelbares Interesse daran hat.

XX

Verletzte Eigenliebe oder Verdruß, im Selbstgespräch beschworene Nebenbuhler: starke Erregungsmittel.

XXI

Um das Gehirn in lebhafte Tätigkeit zu versetzen, muß man wenig gehen, wenig essen und wenig schlafen. Um sie zu verlangsamen, muß man diese leiblichen Funktionen häufiger und anhaltender ausüben.

XXII

Wieviele und welche Art von Gedanken eine nachdenklicher Mensch hat, hängt ein wenig auch von der Beschaffenheit und Weite seiner Kleidung ab. Sein Denken scheint in ein enges Gewand gezwängt, wie in der großen Welt der Leib eines Eitlen von der Mode eingeschnürt wird. Am freiesten ist der Geist in einem frei fließenden Gewand. Es scheint, als nehme man alle gängigen Vorurteile an, gebe sie auf und nehme sie wieder an, wie man die nach der Mode geschneiderte Kleidung angezogen, abgelegt und wieder angezogen hatte.

XXIII

Wohltätigen Einfällen günstig ist die Zeit, die auf den ersten Schlaf folgt, und nachdem man gänzlich wach ist, die Zeit, die zwischen zwei Mahlzeiten genau in der Mitte liegt, vor allem aber die Zeit vor dem Abendessen, die Zeit der Genesung, der Morgen nach dem Liebesgenuß oder nach einem Rausch.

XXIV

Schädlichen Einfällen günstig sind Schlaflosigkeit, Langeweile, Stimmungswechsel, überhaupt alles, was die Säfte verdickt und die Bewegungen langsam werden läßt.

XXV

Um die Unterschiede richtig zu erfassen, muß man einen kühlen Kopf haben und sein Denken verlangsamen.

XXVI

Um die Ähnlichkeiten richtig zu erkennen, muß man seinen Kopf erhitzen und sein Denken beschleunigen.

XXVII

Die Verschiedenheiten bei jedem Individuum, erscheinen ähnlich, nachdem man sie bei verschiedenen Individuen miteinander verglichen hat.

XXVIII

Um also etwas Gutes zustande zu bringen und Ähnliches (Seiendes oder Vorstellungen) richtig zusammenzustellen, muß man das Denken verlangsamen und wieder beschleunigen, den Kopf abkühlen und wieder erhitzen.

XXIX

Kraft und Klarheit des Urteils entsprechen dem Grad der Sauberkeit der Luft und der Menge, die man in einer bestimmten Zeit, freilich nicht im Übermaß, einatmet.

XXX

Man muß seine Werke zu einer Zeit beurteilen, die derjenigen, in der sie erdacht wurden, entgegengesetzt ist, in Zeiten der Kälte und des Überdrusses. Zum Beispiel während man verdaut. Wenn sie nämlich gut zu sein scheinen in einer Stimmung, die sonst alles schlecht erscheinen läßt und in der man dazu neigt, alles herabzusetzen, dann werden sie es um so mehr scheinen in Augenblicken, in denen sogar das Schlechte gut scheint.

XXXI

Wenn man das Organ der Erfindung sich erholen lassen und zugleich die Hitze und rasche Bewegung, ohne die Phantasie weder Bewegung noch Kraft hat, bewahren will, muß man sein Denken in schlichten, gefälligen, harmlosen Themen spazierenführen und danach zum Ernsten und Schwierigen zurückkehren.

XXXII

Mechanik und Poesie ähneln einander sehr. Gemeinsam ist ihnen, daß sie den Geist daran gewöhnen, sich die Körper in lebhafter Bewegung vorzustellen.

XXXIII

Starke Erfindungsgabe tötet das natürliche und mechanische, stärkt das abwägende und klärende Gedächtnis.

XXXIV

Die Einfälle kommen am ehesten, wenn man an ihnen entlangspaziert, ohne sie zu suchen. Sie fliehen aber, wenn man sie zu verbissen verfolgt.

XXXV

Um einen Einfall, der gleichzeitig mit einem anderen auftaucht, nicht zu vergessen, muß man ihn in seinem Kopf besonders bearbeiten und ihn in eine eigene Form umgießen.

XXXVI

Um sich mühelos an das zu erinnern, was man sich ausgedacht hat, und es mit Leichtigkeit niederzuschreiben, muß man dreimal den Weg gehen, auf dem man es gefunden hat.

XXXVII

An einen Einfall kann man sich auch dadurch mühelos erinnern, daß man seinen physischen Ursprung nachgeht, Zeit, Ort und Umständen, wo man ihn zum ersten Mal hatte. Dieses Vorgehen verleiht einem ein abwägendes und schöpferisches Gedächtnis, das für den Verlust des mechanischen Gedächtnisses entschädigt, wenn dieses in dem Maße nachläßt, wie unsere Materie trockener und härter wird.

XXXVIII

Wie sich eine hübsche Frau, die uns durch die Gewohnheit zu langweilen begann, in unseren Augen durch eine neue Mode verjüngt, gewinnt ein Gedanke, den wir aufgrund einer gewissen Vertrautheit schon zu verachten und zu vergessen begannen, ein frisches Aussehen, und wir schätzen ihn von neuem, wenn er wie eine Kleopatra seine Gestalt ändert und uns die Freuden der Untreue kosten läßt.

XXXIX

Man unterstreiche, was man behalten möchte, oder hebe es mit irgend einem anderen Mittel von seiner Umgebung ab; denn Gegensätze wirken erfrischend auf jede Art von Aufnahmefähigkeit.

XL

Die Gedanken, die einem wichtig sind, ordne man den zehn Fingern und ihren einzelnen Gliedern zu.

XLI

Die Dinge, an die man sich am häufigsten erinnern möchte, verknüpfe man mit den Dingen und Personen, die man liebt, vor allem aber mit denen, die man am meisten haßt.

XLII

Will man sich mit bestimmten Dingen beschäftigen oder mit bestimmten Leuten verhandeln, dann verknüpfe man die Gedanken, die einem wichtig sind, mit einer Folge von Dingen, die sich einem unterwegs unversehens darbieten.

XLIII

Um Dinge, die gemeinsam behalten werden sollen, in seinem Gedächtnis miteinander zu verknüpfen, muß man auf ihre Anzahl achten und sie sich einprägen. Denn wenn wir einige der durch diese Zahlen kenntlich gemachten Dinge vergessen haben, bemühen wir uns so lange, bis ihre Gesamtheit wiedergefunden ist, und wir können dann sicher sein, nichts vergessen zu haben.

Drittes Kapitel

Lektüre

I

Früher und in kürzerer Zeit sehen, was man sonst später und mit mehr Zeitaufwand sehen würde; an einem einzigen Tag die Resultate der Erfahrung von Nationen und Jahrhunderten genießen; einen Vorbegriff der Dinge erwerben, die man sehen muß, rekapitulieren, was man gesehen hat; lernen, etwas rascher nachzudenken, als es der Augenblick lehren würde, und frühzeitig klug und weise werden; schließlich seinen Einfluß auf andere Menschen durch eine gleichermaßen volle, wohlgeordnete, reine, korrekte, blumige, anmutige, geschmeidige, feine, männliche, edle, hohe und majestätische Diktion vermehren: Dies sind die wichtigsten Vorzüge einer langen Vertrautheit mit den besten Schriftstellern.

II

Der Nutzen der Bücher hängt freilich so sehr von der Auswahl ab, die man trifft, daß manch ein Gebildeter, der mit Fremdwörtern und Gelehrsamkeit vollgestopft ist, mit seinen dreißig Jahren weniger weiß, als wenn er sich darauf beschränkt hätte, wachen Sinnes durch die Welt zu laufen, sich nach rechts, nach links zu wenden und mit der Neugierde eines Kindes von einem Gegenstand zum anderen zu springen, um ohne Vorbedacht und ohne sich belehren zu wollen, die Mannigfaltigkeit der Dinge zu genießen.

III

Die Natur selbst gibt den Kindern Geschmack an Erzählungen und Geschichten; den jungen Leuten, die die Pubertät hinter sich haben, Durst nach Romanen, Reiseberichten und Schlachtbeschreibungen; den Erwachsenen eine Vorliebe für Werke des Denkens und den Greisen eine Neigung zu frommen Büchern, zugleich mit dem Wunsch, das Buch ihres Lebens zu veröffentlichen (erste, zweite, dritte Auflage). Dabei gibt die Natur auf der ersten Stufe des Mannesalters das Verlangen ein, alles Wissenswerte über das Land zu erfahren, in das man gekommen ist, auf der zweiten den Wunsch, darin eine tätige Rolle zu spielen, seinen Horizont zu erweitern und sich durch alle seine Fähigkeiten zu vervielfältigen, auf der dritten das Bedürfnis zu gebieten und auf der letzten Altersstufe schließlich den Wunsch, durch Achtung ausgeglichen zu sehen, was man an Kraft verloren hat, und sich am Rande des Abgrunds auf die Hoffnung eines besseren Lebens zu stützen. Die Natur also teilt diese verschiedenen Begierden, die neu erlangten oder noch verbliebenen Fähigkeiten entsprechen, nur deswegen an die verschiedenen Lebensalter aus, weil sie dazu anregen will, all das zu beschreiben, was sie zu verschiedenen Zeiten schätzten, und es ihren Bibliotheken einzuverleiben, damit die Werkzeuge, welche die Natur nacheinander in unsere Hände legt, so oft, so angenehm und nutzbringend wie möglich zur Anwendung kommen.

IV

Dieselbe Einteilung paßt für die vier Temperamente, für die Zeiten und Orte, die durch ihre Eigenschaften den vier Lebensaltern des Menschen entsprechen.

V

Es genügt aber nicht, daß man die Bücher auszuwählen versteht, man muß auch ihre Menge festlegen, sich einen guten Platz suchen, seine guten Augenblicke nutzen, Vorlieben entstehen lassen, die Bewegung seines Denkens abwechselnd verlangsamen und beschleunigen, bald eine aktive, bald eine passive Rolle spielen und schließlich auf die Bücher nicht mehr angewiesen sein.

VI

Zunächst meine ich mit Platon, Cicero, Bacon, Buffon, daß man sich die Hitze und unersättliche Neugier der Jugend zunutze machen und sich mit Haut und Haaren allen möglichen Gattungen verschreiben sollte. Dieses vagabundierende Verfahren hat seine Vorzüge. Man nimmt jeden Tag andere Nahrung zu sich, bewahrt sich den Appetit, verdaut und assimiliert alles. Das Gedächtnis richtet sich mühelos ein. Es wird ein reiches und mannigfaltiges Bild wie jenes, dessen Nachbildung es ist, eine riesige Vorratskammer für Ähnlichkeiten, aus der sich die Phantasie bedient und wodurch sie sich in der Gewißheit, daß ihr nichts fehle, stärkt und im Gefühl des Überflusses bereichert. Die Urteilskraft, der nichts fremd ist, erfaßt mühelos die feine Nuance, und durch gegensätzliche Verfahrensweisen wird der Verstand geschmeidig. Der Kopf ist nicht angewiesen auf eine solche Einseitigkeit, die einen beschränkten Mann in einem Winkel der gelehrten Welt exzellieren läßt – eine Art des Wahnsinns, die für Genie gehalten wird. Ein Mann hingegen, der sich die Untersuchung der allgemeinen Gesetze angelegen sein läßt, erwirbt, so vorbereitet, Rechte auf ein Gebiet, von dem er einen Teil besichtigt, das übrige aber nur gestreift hat. Inmitten seiner Staaten wartet er ruhig auf den Gedankenblitz, der den nur flüchtig besuchten Teil erleuchtet, und sobald dieser Gedanke aufscheint, sieht er das Ganze.

VII

Ein anderer Vorzug dieser vielseitigen Studien besteht darin, daß man sich in verschiedenen Verhaltensweisen erprobt und seine Eigenart kennenlernt. Achten wir auf das, wohin es uns in Augenblicken der Lauheit, des Überdrusses, der Mutlosigkeit zieht, und was wir mit einiger Selbstgefälligkeit und stets mit Vergnügen treiben: Das ist unsere Art. Denn im Physischen, im Moralischen wie im Geistigen ist anhaltendes Vergnügen ein Zeichen von Gesundheit, Tugend und Weisheit.

VIII

Auf den ersten Blick will es scheinen, als könne diese Art des Forschens nur eine unklare und verworrene Wissenschaft hervorbringen. Aber keine Sorge, später wird sich alles zurechtrücken, alles wird seinen Platz und sein Maß finden. Denn derselbe Instinkt, der eine aktive Seele dazu bringt, sich bei dem ersten Versuch ganz nach der einen Seite zu werfen, zeigt ihr auch die Eigenschaften und Fähigkeiten, die ihr fehlen, und weckt in ihr den Wunsch, sich diese anzueignen, um sich zu vervollständigen.

IX

Nachdem man die erste Hälfte seines Lebens damit zugebracht hat, Erwerbungen zu machen und sich für alles zu rüsten, wird man den anderen Teil damit verbringen, diese Gaben zu verteilen, indem man sie seinen Fähigkeiten und seinem Charakter entsprechend abwandelt.

X

Dahin gelangt man, wenn man seinen Blick auf die Menschen, auf die Dinge und Bücher, die sie zur Darstellung bringen, gerichtet hält und nun nach und nach die Anzahl der Gegenstände der Betrachtung verringert, indem man seinen Blick erst auf eine literarische Gattung lenkt, dann auf ein Buch, ein Kapitel, einen Absatz, eine Zeile und schließlich auf ein Wort.

XI

Mehr noch. Man muß die Bücher und Papiere, um die es im Augenblick nicht geht, aus seinem Gesichtskreis entfernen. Denn die Aufmerksamkeit setzt sich in einem bestimmten Verhältnis aus der Abgeschiedenheit des Betrachtenden, der untersuchten Sache und der Leidenschaft, mit der er sie betrachtet, zusammen.

XII

In dem Alter, in dem das Gedächtnis seinen ganzen Umfang erreicht hat, lehrt die an einem Tag gelesene gute Zeile mehr als das ganze Buch, worin sie steht. Denn wenn man beide Male von seinem Gegenstand ganz erfüllt war, so ist man im ersten Fall Erfinder und Meister, im zweiten dagegen Schüler und Geselle.

XIII

Daß man seinen Blick auf ein Buch fixieren muß, um mit Recht sagen zu können: Ich habe es gelesen, wird dadurch bewiesen, daß einem beweglichen Geist von den zwei- oder dreitausend Büchern, die er gelesen haben kann, kaum mehr bleibt als einem französischen Marquis von den Ländern, die er mit der Postkutsche durchquert hat.

XIV

Man kann nicht behaupten, einen Schriftsteller gelesen zu haben, wenn man sich nicht wenigstens an seine wichtigsten Gedanken, seinen Plan und sein Ziel erinnert.

XV

Von einem gewissen Punkt an haßt der menschliche Geist die Notwendigkeit, und der sklavische Leser ist nicht mehr wert als der sklavische Bürger. Um sich einen großzügigen Geist zu bilden, darf man nur sein eigener Sklave sein oder sich allenfalls für einen Augenblick zwingen, um die Freiheit umso mehr zu genießen. Also nimmt man sich zwei Bücher entgegengesetzter Gattung gleichzeitig vor. Gehört das eine Buch zur unterhaltenden Literatur, so nimmt man ein mathematisches Buch und umgekehrt. Handelt es sich dagegen um eine schwierige Gattung, so gesellt man dem Buch, das man lesen möchte, mit Bedacht ein noch schwierigeres bei und fängt mit diesem an, um seinen Kopf in Bewegung zu setzen und seine Fähigkeiten durch den Gegensatz zu steigern. Dann wartet man, bis der Kopf sich dem eigentlichen Buch von selbst zuwendet, und kehrt mit seiner ganzen Kraft zu ihm zurück.

XVI

Das hier von der Lektüre Gesagte ist auch auf das Schreiben anzuwenden.

XVII

Der richtige Augenblick zum Lesen und Schreiben ist es, wenn man Ton und Bewegung seines Themas erfaßt hat, und beides kann man mit einem anderen Buch oder durch Nachdenken herbeiführen.

XVIII

Wie auch immer das Denken in dem Lebensalter, das man erreicht hat, beschaffen sein mag, alle Sorten von Büchern sind auf zwei Arten zu lesen. Zunächst rasch, um Absicht und Aufbau mühelos zu erfassen oder um die stilistischen Schönheiten zu genießen. (Denn an gelungenen Abhandlungen findet man kein größeres Vergnügen, wenn man jedes Wort einzeln herausklaubt, wie man ja auch die Schönheit einer Frau nicht genießt, indem man unter die Lupe nimmt.) Anschließend liest man langsam, um die Nuancen zu erfassen, die Mängel zu bemerken und den Autor zu übertreffen.

XIX

Auch für entgegengesetzte Gattungen gibt es zwei verschiedene Geschwindigkeiten.

XX

Poetische oder rhetorische Bücher soll man rasch lesen, analytische und argumentierende hingegen langsam. Denn Werke der Phantasie können nur unter Umständen verfaßt werden, in denen der Kopf stark erhitzt und das Denken sehr rasch ist. Nachdenkliche Bücher lassen sich gut nur mit kühlem Kopf und langsamem Denken schreiben. Um nun Bücher ebenso zu empfinden und zu begreifen wie der Autor, braucht man nicht nur eine gewisse Vertrautheit mit dem Stoff, sondern muß seinem Kopf dieselbe Raschheit geben, wie sie der Autor während der Niederschrift hatte.

XXI

Bisher sind wir nur passiv gewesen, werden wir also aktiv.

XXII

Um ein philosophisches Buch richtig zu verstehen, es zu beurteilen und Gewinn aus ihm zu ziehen, muß man sich der Sprache seines Verfassers zuwenden und sich seinen Wortschatz, vorausgesetzt er hat einen, aneignen, indem man die Bedeutung herausfindet, die er den gewöhnlichen Worten an den verschiedenen Stellen gibt, wo er sie hinsetzt. Dann muß man auf den physischen Ursprung jedes einzelnen Wortes zurückgehen und es als konventionelles Zeichen der Gefühle betrachten, die es darstellt: ein wichtiger Schlüssel. Denn die Sprache ist nur eine mehr oder weniger geregelte Ansammlung von Namen, von Empfindungen, die man fühlt, beobachtet, vergleicht oder miteinander kombiniert oder aber auch von Vergleichen und Verknüpfungen aus diesen ersten Vergleichen und Verknüpfungen und so fort nach Maßgabe dessen, wie die Empfindungen mehr und die Zeichen allgemeiner werden.

XXIII

Man mache es sich zum Gesetz, keinen Teil eines Satzes, jedenfalls aber keinen ganzen Satz zu lesen, ohne daß der Kopf dabei tätig wird.

XXIV

Man verallgemeinere die guten Einfälle durch Analogien und vernichte die schlechten durch Unterscheidungen. Wenn du das Buch auf diese Weise gelesen hast, wirst du mehr davon verstehen als sein Autor.

XXV

Lege das Buch nicht beseite, ohne es erledigt zu haben, indem du den Autor größer machst, seine Ziel und seine Mittel gegeneinander ausspielst, seine geheimen Absichten ans Licht bringst und die Listen seiner Eigenliebe offenbarst.

XXVI

Hält man sich an diese Regeln, dann wird man in Büchern etwas anderes finden als Namen von unbekannten Wesen. Denn von allen Büchern ist das älteste, am besten durchdachte, am besten geschriebene, das klarste und lesbarste die Welt, ein Buch, dessen Inhaltsverzeichnis, erstes und letztes Kapitel der Mensch sein muß, der das Mittel und Ziel, Prinzip und Ende aller unserer

Bücher ist. Der Mensch soll nämlich auch etwas sehen. Das Wissen von jemandem, der nur aus Büchern gelernt hat, gleicht einem Glauben, der nur aus ganz wenigen Wahrheiten und vielen Lügen besteht.

XXVII

Ja. Aber daraus werden wir nicht mit Rousseau den Schluß ziehen, daß alle Bücher, die seinigen ausgenommen, nutzlos seien. Das Wissen eines Menschen ist nur eine Kleinigkeit, und müßte jeder alles nur aus sich selbst holen, dann müßte man immer wieder von vorn beginnen. Gewiß kann ein Greis der Jugend manche Dummheit und und viele unnütze Schritte ersparen. Aber wie wird er der Verlockung widerstehen, belehren zu wollen? Wird er alle Menschen aller Zeiten in Josaphats Tal versammeln? Nein, er wird sich mittels der Drucktypen vervielfältigen und verewigen. Seine mit Hilfe der Bücher, die Raum und Zeit durchmessen, gewachsene und erweiterte Stimme wird sich von einem Zeitalter und von einem Pol zum anderen gegen Fanatismus und Tyrannei erheben, und das Menschengeschlecht wird, wenn es nur will, frei und aufgeklärt sein.

XXVIII

Schließlich erfahren wir, wenn wir uns aufs Lesen verstehen, durch ein gutes Buch, was zu erfahren unser Temperament, unsere Lage und die Entfernung der Orte uns immer gehindert haben. Wir brauchen nämlich nur die Teile dieses Buches, die uns vertraut sind, mit dem zu vergleichen, was wir selbst gesehen haben und noch sehen. Sollte es sich herausstellen, daß der Autor immer die Wahrheit sagen wollte und konnte, dann dürfen wir uns auch in dem, was Natur und Schicksal für immer außer unsere Reichweite gerückt haben, auf ihn verlassen.

Viertes Kapitel

Charakter

I

Welchen klugen Plan auch immer man entwerfen und an welchem Ort man sich auch verbergen mag, unausbleiblich wird man vom Wahnsinn erfaßt, von der Meinung der anderen befleckt, von der rohe Gewalt getroffen, von der List umgarnt, vom Neid angeschwärzt, von den Weibern des einen oder andern Geschlechts verhöhnt, von dummen in der Ordnung der Natur und der Gesellschaft gelegentlich zu respektierenden Tyrannen in Ketten gelegt. Hüten wir uns also, in uns den Durst nach Unsterblichkeit zu löschen: Lieber ruhmreich in großem Kreis leiden als in einem verborgenen Winkel der Erde von tausend Nadeln durchbohrt werden.

II

Sich in die Vergangenheit versetzen, sich in die Zukunft schwingen, an allen Orten fühlen und denken: Dieses dreifache und weiträumige Dasein wiegt das Gefühl der Enge auf, das die Geizigen und Wollüstigen an das flüchtige Objekt ihrer Hoffnungen kettet und das bewirkt, daß sie sich an einem Punkt von Raum und Zeit einnisten. Wie das von einem brennenden Körper ausgehende Licht blaß wird, wenn es sich von seiner Quelle entfernt, und sich in dem Maße, wie es den Raum erfüllt, abschwächt, so wird auch der Schmerz, wenn er von seinem Herd ausstrahlt, mit der Anzahl der Objekte, die er erfaßt, geringer. Der leidende Mensch fühlt, wie seine Übel allmählich nachlassen, je mehr er von sich selbst Abstand nimmt und den

Raum seiner Empfindungen und Gedanken erweitert, indem er sich auf alles ausdehnt, was atmet. Von einem Ehrgeiz des Wohltuens beseelt und immer tätig, vollendet er gleichmäßigen Schrittes seine Bahn. Seine Tage sind erfüllt, alles lebt aus seinem Leben, und er herrscht zumindest über einen Teil seiner Feinde, indem er sie mit Wohltaten straft.

III

Die eigenen Stärken und Schwächen genau studieren, alles, was man gut auszuführen vermag, selbst tun, und alles, was man schlecht tun würde und worin ein anderer besser ist als man selbst, von diesem ausführen lassen, aber nur, wenn man genau erkannt hat, ob er seinem Herzen nach oder aus Interesse unser Freund ist.

IV

Geschwätz und Beharrlichkeit vertragen sich nicht miteinander. Durchdenke deine Projekte, verdaue sie still, so daß die Eruption als Tat geschehe. Geschieht sie nämlich in Worten, trägt der Wind deinen Willen mit ihnen fort. Jedes elegant beredete Projekt bleibt unausgeführt.

V

Menschen, die es sich zum Beruf machen, Geist zu haben, haben nicht den Mut, ihre Projekte bis zu der für ihre Ausführung bestimmten Zeit zurückzuhalten. Sie brennen auf Schritt und Tritt darauf, ihre Fruchtbarkeit zu zeigen. Wie die Frauen erwecken sie zunächst den Anschein, als hüteten sie ein Geheimnis, das sie bedrückt, und rühmen sich dieser Bürde. Man widerspricht ihnen, man macht sich über sie lustig, und schon ist alles verflogen. *Amen, amen dico vobis receperunt mercedem suam.* (Ich sage euch, sie haben ihren Lohn dahin.)

VI

Willst du deinen Charakter bei gleicher Temperatur halten, deine Entschlüsse vor den Wechselfällen der Hitze und dem Auf und Ab deines Blutes schützen, dann bedenke deine Entschlüsse für die Gegenwart und die Zukunft sorgfältig, schreibe sie in einem einfachen und genauen Stil nieder, bleibe konsequent dabei und handele zur vorgesehenen Stunde.

VII

Ein großes Ziel läßt die Sonne stillstehen. Es bringt die durch die täglichen und jährlichen Umdrehungen der Sonne verursachten Schwankungen zum Verschwinden und hält unseren Blick auf denselben Windstrich gerichtet, bringt die menschliche Wetterfahne zum Stillstand und hindert sie, den ganzen Kreis unserer eitlen Begierden abzuschreiten. Aber vor dem dreißigsten Jahr ist eine solche Bindung gefährlich. Um nämlich sein Ziel zu erkennen, muß man mehr als eines verfehlt haben.

VIII

Die gewöhnliche Stärke der Seele ist direkt proportional der physischen und moralischen Kraft, der Nähe der Feinde, die man aus Gewohnheit und ohne übertriebene Erregung bezwingt oder von denen man sich ohne Zorn besiegen läßt, und sie verhält sich umgekehrt proportional zu den Waffen, die das Schicksal uns in die Hände gelegt hat.

IX

Um sich vor Bitterkeit, Verdruß und Haß zu bewahren, muß man die Gewohnheit annehmen, einen bloß spekulativen Blick auf das menschliche Geschehen zuwerfen, auf die Freuden und kleinen Verdrießlichkeiten unserer Gattung herabzuschauen. Sieht man denn etwa, daß ein Uhrmacher aufgebracht wäre wegen einer stehengebliebenen Uhr, ein Arzt über seinen Kranken, der Maler über sein Modell?

X

Kalte Tollkühnheit: Ergebnis von Berechnung. Um seinen Mut wiederzufinden, darf man Pläne, die Entschlossenheit verlangen, nur in jenen Augenblicken der Erschlaffung ausarbeiten, in denen man sich seinen Feinden kraft der Vernunft überlegen fühlt. Ist dein Heldentum durch eine Leidenschaft beflügelt, was wird dann aus dir, wenn die Leidenschaft endigt?

XI

Willst du an Herz und Verstand ein Riese sein und scheinen, suche deinen Platz immer in einem großen Kreis (Zeit, Ort, Menschen und Dinge). Trotz des Neides, der an den Menschen nagt, wollen sie nichts mehr, als in anderen die Größe finden, die sie bei sich selbst nicht spüren.

XII

Durch die Kraft des Instinktes, der uns alles, was unsere Sinne, unser Herz, unseren Geist fesselt und sogar das, was wir verachten, nachzuahmen zwingt, teilt jeder seine Talente und Schwächen, seine Fehler und Tugenden mechanisch mit.

XIII

Das Kleine soll man fliehen und das Große suchen.

XIV

Eigensinn und Einsamkeit, zwei Prinzipien der Originalität.

XV

Die Gesellschaft heilt vom Stolz, die Einsamkeit von der Eitelkeit.

XVI

Wenn sich ein schmarotzerischer Wunsch deines Herzens bemächtigt, entspanne dich, laß dich fallen bis zur Trägheit. Aber dann richte dich mit einem Ruck auf, das Auge auf dein Ziel gerichtet.

XVII

Die Kraft von Freunden zu spüren stärkt, die von Feinden schwächt, und die schwacher Freunde macht gut, die schwacher Feinde hochmütig.

XVIII

Die großen Persönlichkeiten schließt man soweit wie möglich aus der Gesellschaft aus. Denn sie gewöhnen uns daran, es ihnen nachzutun, und schnüren die Seele ein. Oder wenigstens suche man ihre Gesellschaft nur aus einem entschiedenen Willensentschluß.

XIX

Groß ist der Mensch nur nach Maßgabe seiner anhaltenden Achtung vor sich selbst. Man meide also die untergeordneten Rollen und die Gesellschaft verächtlicher Leute: Denn am Ende werden diese Niederträchtigen Glauben finden.

XX

Alle möglichen Mittel, Böses zu tun, in seine Hand bringen, damit man kein Bedürfnis mehr danach verspürt. Durch das Gefühl seiner Macht mutig, heiter, umgänglich und wohltätig werden.

Fünftes Kapitel

Menschenkenntnis

I

Rasch gehen, reden, handeln, die Ähnlichkeiten, Mittel und Heilmittel herausfinden: Zeichen eines sich ausdehnenden Charakters.

II

Langsam gehen, reden, handeln, die Unterschiede, Nachteile, Mißbräuche herausfinden: Zeichen des sich zusammenziehenden Charakters.

III

Nachgeben, wenn man physisch und moralisch überlegen ist: Zeichen von Großmut.

IV

Seinen Vorteil ausnutzen und den Besiegten zerschmettern: Zeichen von Gemeinheit.

V

Man errät den Charakter eines Menschen aus dem, was er zu tadeln oder zu billigen pflegt.

VI

Aus den Ausdrücken, Redewendungen, Vergleichen, Begriffen, die einer verwendet, wenn er nicht auf sich achtet, kann man seinen Beruf, seine Neigungen, Gewohnheiten, seine geheimen Vorlieben und die an entlegenster Stelle in seinem Gedächtnis deponierten Bilder erraten.

VII

Man kann das Naturell eines Menschen nach Jahreszeiten, Gegenden, Ernährung, körperlichen und geistigen Übungen und nach der bevorzugten Gesellschaft beurteilen; auch nach seinen häufigsten Träumen und dem, was ihm lästig zu sein pflegt.

VIII

Dem Stimmschlüssel der musikalischen Tonleiter entspricht der Charakterschlüssel der moralischen Leiter.

IX

Die Frauen herrschen mehr über die eitlen als über die stolzen Männer. Diese haben nur eine Frau nötig, und dies von Zeit zu Zeit. Jene aber haben immer das Bedürfnis, vorgezogen zu werden, vor allem wollen sie den Anschein erwecken, als würden sie es.

X

Häufige Verdrossenheit: Zeichen eines eitlen Charakters. Dieses Gefühl ist die Wut der Eitelkeit. Es ist Frauen und weibischen Männern eigen; es gebiert die kleinen und die großen Scheußlichkeiten.

XI

Sorgfältig ist zu unterscheiden zwischen dem weiblichen und dem männlichen Gehirn. Jenes ist eine Art Gußform, es empfängt und gibt wieder. Aber es bringt nicht hervor.

XII

Gutes Gedächtnis und häufige Lobreden: Zeichen des weiblichen Gehirns. Schwaches Gedächtnis und häufige Verneinungen, begleitet von Erklärungen und Ratschlägen: Zeichen des männlichen.

XIII

Die philosophische Statur eines Menschen erkennt man an der Größe der Massen, die er gewöhnlich ergreift. Eine Briareus umfaßt mit hundert Armen und ein Ragotin mit der Pinzette.

XIV

Der Wahrheit eine Perücke überwerfen heißt noch nicht, daß man Neues sagt. Es ist ein Zeichen der Mittelmäßigkeit. Man bringt die Wahrheit auf den Punkt, jene übertreiben sie und glauben dabei, begabter zu sein, während sie doch nur mehr Umfang haben.

XV

Fester Blick: fester Gedanke und fester Wille.

XVI

Lebhaftes Auge: Gedanken und Wille in Bewegung.

XVII

Gesenkter Blick: Zeichen eines stolzen, herablassenden, leidenschaftlichen Charakters.

XVIII

Nach oben gerichteter Blick: Zeichen eines ängstlichen, demütigen, verborgenen Charakters.

XIX

Horizontaler Blick: Zeichen eines gleichmäßigen, beständigen, geselligen Charakters; Zeichen einer republikanischen Seele.

XX

Zweierlei Stimme: doppeldeutiger Charakter.

XXI

Wie das Gewebe der Haut so das Gewebe der Ansichten und des Stils.

XXII

Der Charakter eines Menschen hat gewöhnlich dieselben Eigenschaften wie der Stoff, aus dem er besteht, in Ruhe oder in Bewegung.

XXIII

Lebhafte, plötzliche, unterbrochene, abgehackte, unregelmäßige Bewegungen: Zeichen eines feurigen, empfindsamen, cholerischen Temperaments.

XXIV

Kreisende Bewegungen von mittlerer Geschwindigkeit: Zeichen eines umgänglichen, freundlichen, mit Maßen empfindsamen Charakters.

XXV

Wenn man Form, Farbe, Physiognomie, Stimme, Gangart, mit einem Wort alle wahrnehmbaren Eigenschaften und Bewegungen eines Menschen mit den wahrnehmbaren Eigenschaften der Tiere vergleicht, kann man aufgrund des Naturells dieser die verborgene Natur jener entdecken.

XXVI

Ein Beispiel: der Schrei des Pfauen und der Lärm, den er mit seinen Füßen veranstaltet, damit man ihn anschaut, ähnelt den Stimmen und der Lautstärke von Leuten, die derart auf sich aufmerksam machen, weil sie gerne wichtig tun und wünschen, daß man sich mit ihnen beschäftige.

Sechstes Kapitel

Aktionsplan

I

Genau bestimmen, was im Ganzen der Lebensumstände einzigartig und individuell ist, und davon seinen Ruhmesplan als Abdruck nehmen, damit man von seinen Nebenbuhlern nicht nachgeahmt werden kann.

II

Es kommt nicht darauf an, bescheiden zu sein, sondern der erste.

III

Stolze Bescheidenheit, schüchterner Stolz: Zwei starke Antriebe im Handeln und im Reden.

IV

Seine Rivalen zwischen Hoffnung und Furcht halten.

V

Sich rittlings auf beiden entgegengesetzten Parteien halten. Kein Banner, in der Sorge, sich in zwei Teile zu spalten und sich mit einer untergeordneten Rolle zu begnügen.

VI

Da es in jeder Clique Hund und Katze gibt, muß man abwechselnd mit den Katzen Hund und Katze mit den Hunden sein.

VII

Gleich zu Anfang etwas Großes oder wenigstens Erstaunliches tun, aus Sorge, daß der erste Einfall der letzte sein könnte.

VIII

Staatsmänner müßten wie die alten Römer auf dem Land leben. Dort würden sie die Kunst lernen, zuzuhören und zu schweigen, eine doppelte Wissenschaft, die das Getriebe der Städte uns vergessen läßt und die man mechanisch erlernt, wenn man den langsamen, schrittweisen, gleichförmigen und stummen Gang der Natur betrachtet.

IX

Wo die Frau allein herrscht, gibt es keine moralische Ordnung, wo der Mann herrscht, keine physische.

X

Die Schurken in ihr eigenes Netz verwickeln; nur der Form nach listig sein; ein Verzeichnis der Listen anlegen, die geglückt sind.

XI

Um einem Menschen von viel Geist, aber bösem Herzen unmerklich zu schaden, lasse man es zu Äußerungen kommen und Umstände eintreten, durch die Laster und Schwächen offenkundig werden können, um ihn verabscheuungswürdig erscheinen zu lassen.

XII

Während des Einschlafens alle Unternehmungen des Tages im Geist rekapitulieren, damit einem die Formeln in Fleisch und Blut übergehen.

XIII

Es geht nicht so sehr darum, Sätze zu bilden, um zu überzeugen und zu überreden, als darum, die eigenen Wirkungsmittel in den Gefühlen und Gedanken unserer Zuhörer unterzubringen. Im ersten Fall könnten sie den schönen Reden widerstehe, im zweiten auf mechanische Weise gerade das wollen, was man selbst will, und zu befehlen glauben, während sie gehorchen.

XIV

Um anderen Menschen allein mit natürlichen Mitteln mühelos seinen Willen aufzudrängen, muß man seiner Stimme, seinem Blick, seiner Physiognomie, seiner ganzen Handlungsweise frühzeitig Kraft und Geschmeidigkeit geben, um die Marionetten hin und her zu bewegen, wie es einem beliebt.

XV

Gib deinem Äußeren alle sinnlichen Kennzeichen, die gewöhnlich mit jenen Leidenschaften und Gedanken einhergehen, die du bei anderen hervorrufen willst, und denke daran, daß die Bewegung das wirksamste und allgemeinste Mittel ist.

XVI

Im Zeitmaß zieht das Lebhafte das Langsame mit; beide beeinflussen sich aber wechselseitig.

XVII

Gehe ein paar Schritte, um den Schwung von Geist und Mut zu verstärken.

XVIII

Der Schwung oder die vollkommene Hingabe sind das Geheimnis von Körper und Seele.

XIX

Wenn du Zweifel hast, exponiere dich nicht. Wage dich erst in dem Augenblick vor, wo du deines Erfolges so gut wie sicher zu sein glaubst.

XX

Auf seine Gegner losgehen, rasch losgehen, auf sie losgehen, nachdem man sich vorgestellt hat, sie zu fürchten, sie durch geduldiges Wirken ermüden: Dies waren die vier Mittel Caesars.

XXI

Kunst, mit Worten zu handeln: lächerliche Redensart, Macht der Nomenklatur.

XXII

Sich sein Verdienst durch die Schlichtheit seiner Manieren und andere kleine Schwächen verzeihen lassen.

XXIII

Mit Worten und vertrauensvoller Miene bei anderen die Tugenden unterstellen, die sie haben sollen, damit sie sie wenigstens dem Anschein nach und für einen Augenblick haben.

XXIV

Dreiste Personen: vorzüglich in Nebenrollen. Papierchen fallen lassen, um Gerüchte in Umlauf zu setzen; mit Hilfe neugieriger und schamloser Schnüffler sich vervielfältigen und erweitern.

XXV

Über wirkliche Übel sich durch vorgestelltes Glück trösten; sich aus dem Herzen in den Kopf flüchten.

Siebentes Kapitel

Konversation

I

Wenn du jemandes Geheimnis in Erfahrung bringen willst, rede viel und halte ein Auge auf das, worüber du schweigen willst. Im übrigen aber lasse dich gehen. Versetze durch eine geringschätzige oder gleichgültige Miene den anderen in Wut, überschütte ihn mit Lob von dir oder anderen, mache selber vertrauliche Mitteilungen, die nichts weiter bedeuten, kündige eine gute Neuigkeit an, ziehe Nutzen aus dem Augenblick der Freude, und du wirst ihn von innen nach außen kehren, so daß er sein Geheimnis preisgibt.

II

Das Wort abrupt abschneiden und eine überraschende, knappe und klare Frage stellen, die mit Ja oder Nein beantwortet sein will: ein ausgezeichnetes Mittel, die Wahrheit herauszufinden.

III

Wenn man sich einem kaltsinnigen Menschen mit zu großer Lebhaftigkeit und Unbesonnenheit aufdrängt, tut man seinem Geist Unrecht und bewirkt nur, daß er sich abkapselt. Man muß sich ihm vielmehr mit einer noch kälteren und reservierteren Miene zuwenden, als seine eigene ist, muß nach und nach wärmer werden und allmählich seine Rede beschleunigen, schließlich ihn aus der Fassung bringen, indem man ihn zum Galopp treibt, einer Gangart, die er nicht gewohnt ist.

IV

Der Geschwätzige, der sein Geheimnis preisgibt, ist ein Dummkopf. Der Schweigsame, der durch sein Schweigen die anderen diskret werden läßt, ist es etwas weniger. Der diskrete Geschwätzige, der einzig sein Geheimnis verschweigt, sammelt die Besitztümer der anderen ein, behält aber, was ihm gehört.

V

Niemals ohne Not von sich und seinen Angelegenheiten sprechen. Die anderen, soviel man irgend kann, aufs Tapet bringen.

VI

Was man von seinen Feinden Schlechtes denkt, von anderen sagen lassen, indem man an ihnen Eigenschaften lobt, die ihren Fehlern und Lastern benachbart sind.

VII

Niemals als erster reden, es sei denn von Gesundheit, Regen oder schönem Wetter.

VIII

Bevor man zu reden beginnt, sich einen Augenblick sammeln, um sich besser in Szene zu setzen: das Auge also abwechselnd auf das vermutliche Ziel des Gesprächspartners und auf das eigene richten. So wie man sich beim Damespiel zuerst mit den zu parierenden Zügen und dann mit denen befaßt, die man selbst anbringen möchte.

IX

Hat man mit zudringlichen Menschen zu schaffen, deren Konversation aus lauter Indiskretionen besteht, darf man sich nie in die Defensive drängen lassen. Man stoße ihnen vielmehr den Stiefel in den Leib und lasse sie ihren Katechismus hersagen, indem man sie mit Fragen über Dinge in die Enge treibt, die ihnen alles andere als geläufig sind, mit deren Kenntnis sie aber trotzdem prahlen.

X

Willst du einen stärkeren Eindruck machen als einer, der gut redet, dann rede überhaupt nicht oder nur mit deinem Mienenspiel.

XI

Bei Reden, die Taten bewirken wollen, meide man den literarischen Stil. Er weckt nämlich Mißtrauen. Statt dessen brilliere man im strengen Stil.

XII

Willst du starke Bewegung hervorrufen, jemanden krank oder irre machen und ihn durch ein Ehrenwort oder eine schriftliche Erklärung in die Falle locken, schaffe viele kräftige Kontraste.

XIII

Willst du dich einschmeicheln und deinen Überredungskünsten Dauer verleihen, wende langsamere, sanftere und nicht so häufige Bewegungen an. Mit einem Wort, Form und Inhalt sind in Einklang zu bringen.

Achtes Kapitel

Form der Bücher

I

Man entwerfe das Gerüst oder Gerippe seines Themas, bevor man in einem Zuge zu schreiben beginnt. Das heißt, man ordnet die allgemeinen Sätze und lichtet das Geäst dann mittels einer numerischen Gliederung.

II

Jedes Buch oder jedes Schriftstück, dessen Zweck erkennbar sein soll, mit einer deutlichen Anzeige seines Inhalts beginnen.

III

In Gedanken oder schriftlich eine Übersicht seines Themas anfertigen, ehe man es abzuhandeln beginnt, damit man den Umfang absehen kann. Man zählt also die Umstände auf, deren vielfältige Kombinationen die einzelnen Fälle ausmachen, die man durchlaufen muß.

IV

Einer philosophischen Abhandlung kann man folgende verschiedene Formen geben: 1. Dialoge; 2. Lehren als Exempel, in eine historische, romanhafte oder poetische Erzählung gefaßt; 3. Exempel, als Darstellungen auf die Bühne gebracht; 4. fortlaufende Abhandlung, Lehrsätze, Beispiele; 5. Behauptungen, Beweise, Einwände, Antworten und Entgegnungen; 6. im ersten Teil die Tatsachen genau beschreiben, auf die sich die aufgestellte Behauptung stützt; im zweiten Teil die allgemeinen Folgerungen ziehen und im dritten die praktischen Resultate oder die Anwendungen bringen; 7. einen natürlichen Ablauf wählen und ihm von Anfang bis Ende folgen: zum Beispiel das Leben eines Menschen, eines Volkes, das Jahr, einen Tag und so fort; 8. Aphorismen, unter gemeinsame Überschriften gestellte Beobachtungen; 9. Tabellen.

V

Die Ordnung entlastet das Gedächtnis, zerstört die Unentschlossenheit, gibt Mut und festigt den Gang des Schreibenden.

VI

Um einer Abhandlung Grund zu geben, muß man die Analyse so weit treiben, bis man, metaphysisch verfahrend, zu den einfachen Sachverhalten gelangt und sie dann einteilen.

Neuntes Kapitel

Über den Stil von Büchern und öffentlichen Reden

I

Ablauf der Reden: zu Anfang scheinbare Schüchternheit, die allmählich in Sicherheit übergeht und in einer stolzen Schüchternheit endet.

II

Der höchste Grad lehrhaften Stils besteht darin, die Behauptung, ihren Beweis, den stärksten Einwand und die Erwiderung in einen einzigen Satz zu fassen.

III

Alle Sätze, die eine wichtige Wahrheit ausdrücken, bringe man in eine allen Völkern, allen Zeiten und allen Orten gemeinsame Form und in eine besondere für das Volk oder Individuum, an die sie gerichtet sind.

IV

Beginne mit der allgemeinen Idee, um dem Stil Pracht und Großartigkeit zu verleihen; entfalte sie dann elegant, mit Hilfe gut gewählter Beispiele. Am Schluß folge ein Schwanz von Redensarten vornehmer oder launiger Art.

V

Mit Paradoxen beginnen, um den Zuhörer in Erstaunen zu versetzen und zur Aufmerksamkeit zu nötigen, sie dann nach und nach entfalten und endlich mit größter Klarheit schließen.

VI

Aus Stolz und Eitelkeit wollen die Menschen nicht überzeugt, sondern überredet werden. Deshalb auch sind die besten Ausdrücke jene, die auf der Grundlage der Wahrheit eine Leidenschaft oder physische Bewegung zum Ausdruck bringen. Denn dann hat es den Anschein, als werde der Redner von den Sachen selbst beherrscht, anstatt den Zuhörer beherrschen zu wollen.

VII

Um in dem Ton und Stil zu schreiben, den man benötigt, muß man Herz und Geist durch Erinnerungen in eine Stimmung versetzen, zu der jener Stil und jener Ton passen.

VIII

Von einem Buch kann man darüber hinaus noch den Ton und die Bewegung seines Stils verlangen.

IX

Aber man muß seine Feder kühn ins Tintenfaß tauchen, indem man entweder an sich selbst denkend ein Gefühl seiner Kraft gewinnt oder von Leidenschaft beseelt jene mechanische Kühnheit erwirbt, die Herz und Phantasie in Schwung bringt.

X

Will man sich üben, abwechslungsreich zu schreiben, dann muß man einen richtigen Gedanken in allen Tonlagen und Stilen aussprechen und alle Stufen der doppelten moralischen Stufenleiter durchlaufen.

XI

Um angenehme Empfindungen zu schildern, wähle man jene Augenblicke, in denen das Verlangen sehr lebhaft ist und die Hindernisse sehr groß sind, so daß das Gefühl des Mangels sehr stark empfunden wird. Und will man unangenehme Empfindungen schildern, wähle man Augenblicke lebhafter Furcht.

XII

Der melancholische Stil fesselt stärker als der heitere. Warum?

XIII

Jeder Satz steht im Verhältnis zu dem, was ihm vorhergeht, was ihm folgt, zum Absatz, zum Kapitel, zum Abschnitt, zum ganzen Werk; der Blick richtet sich auf das Ganze, rückwärts und vorwärts.

XIV

Achten wir auf die glücklichsten Ausdrücke, Redewendungen, die Bewegungen, die uns die Leidenschaften eingeben; versuchen wir, sie zur Gewohnheit werden zu lassen, damit wir in unseren schwächsten Augenblicken tun, was unsere Nachahmer nur in ihren besten vermögen.

XV

Stufenweise vorgehen, um zu gefallen und weit ausholende Überredung zustande zu bringen. Um Furcht zu wecken, Kontraste setzen und rasche Festlegungen treffen.

XVI

Um sich in den melancholischen Stil zu finden, beschäftige man sich mit den traurigen Schicksalen des Menschen und meditiere über die Vergeblichkeit seiner Hoffnungen, die Wirklichkeit seine Elends, die Schwäche seiner Macht und über jene Einsamkeit, in die eine liebende und erhobene Seele nach vergeblichen Aufschwüngen immer wieder zurückfällt.

XVII

Wann immer der Stil eines Menschen, der von den gegenwärtigen Umständen nicht eingeengt wird, nicht im Einklang mit seinem Charakter, seinem Ton, seiner Gestik und seinem Äußeren steht, handelt es sich um einen nachahmenden Schriftsteller, ein Gewohnheitstier.

XVIII

Um sich zur Geltung zu bringen, muß man die Gelegenheiten, bei denen man die stärkste Wirkung erzielt, daraufhin untersuchen, woran dies liegen könnte, und aus diesen Gründen eine Regel machen, ohne sich zu erwähnen.

XIX

Eine unangenehme Vorstellung präge man sich durch möglichst viele Wiederholungen ein, indem man sie als Subjekt, als Attribut, als Adjektiv, als Adverb wieder auftreten läßt.

XX

Übertreibe eine Tugend, ein Gefühl, eine Vorstellung, eine Miene, einen Ton, eine Gebärde, einen Ausdruck und lasse jemanden als Riesen oder als Zwerg erscheinen: Du wirst ihn lächerlich machen.

XXI

Beim Arbeiten nie erlahmen, und jedes Mal, wenn sich bei einem Werk im ganzen oder im einzelnen etwas Besseres anbietet, aufs Gute verzichten und das Bessere ergreifen.

XXII

Großmäulige Versprechungen: Lärmen der Stimme und des Stils.

XXIII

Leidenschaftliche Übergänge, Fragen, Anrufungen – alles Dinge, die den lehrhaften Stil dem dramatischen annähern und ihm Leben verleihen.

XXIV

In jedem Satzteil stets aufs Ziel zugehen.

XXV

Mechanik des Stils: Vergleiche, Kontraste, Abstufung, Zusammenballung.

XXVI

Scharfer Stil haßt; sanfter Stil liebt; hoher Stil bewundert.

XXVII

Stil: Ergebnis stufenweiser Übergänge vom Kopf zum Herzen.

XXVIII

Es sich zur Gewohnheit machen, sich die Regel vorzustellen und sie, während man sie anschaut, auszuführen; mit kaltem Blut in bewunderndem, entrüstetem, mitleidenden, tränenseligen naiven Stil schreiben.

XXIX

Zunächst muß man versuchen, den Wortschatz und das Ausdrucksregister seiner Zuhörer kennenzulernen, und dann, da sich alles gleicht, die Beispiele, Bilder, Bewegungen und Begriffe jener Ordnung der Dinge entnehmen, die sie am besten kennen.

XXX

Da der Fundus des einen Schriftstellers nicht dem des anderen entspricht, ist an beider Stil nicht derselbe Maßstab anzulegen.

XXXI

Junge Menschen und Frauen als Exempel machen die Vorschriften beliebt.

XXXII

Der beste Stil ist der, welcher Seelenstärke, zarte Gefühle und erhabene Ansichten des Autors vermuten läßt.

XXXIII

Starke und häufige pathetische Äußerungen wecken Zuneigung und ein wenig Verachtung für den Redner; der ernste und monotone Stil ist der des Befehls und nötigt Respekt ab.

XXXIV

Ein Sprichwort ist nichts weiter als die Übersetzung eines Allgemeinbegriffs mit Hilfe besonderer und weit verbreiteter Asudrücke in die gewöhnliche Sprache.

XXXV

Aus seichten Quellen schöpfen, um klar zu sein, aus mittleren, um beliebt zu werden, aus tiefen, um Bewunderung zu erlangen.

XXXVI

Die seichten Quellen sind: Handwerker, Bauer, Kaufmann; die mittleren: Künste, Geschichte, vornehme Stände; die tiefen: exakte Wissenschaften, Astronomie, allgemeine Berichte, große Dimensionen.

XXXVII

Die Größe einer Idee bemißt sich an der physikalischen Größe des Gegenstandes, dessen Darstellung sie ist: Der Ausdruck ist den Ideen, die er ausdrückt, auf natürliche Weise proportional. Also gilt es, sein Gedächtnis mit physisch großen Gegenständen einzurichten.

XXXVIII

Die von der Familie abgenommenen Tabellen und Bewegungen sind die besten, weil sie allgemein gelten von zahlreichen Versammlungen.

XXXIX

Um für seinen Klienten starkes Mitleid zu wecken, muß man zunächst Empörung gegen seine Feinde hervorrufen. Denn die erweiternde Bewegung, durch die das Mitleid entsteht, ist geringer als die des Zorns: Von dieser kommt man leicht zu jener.

XL

Das Unvorhergesehene ist in allen Gattungen die Grundlage des Stils.

XLI

Nichts ist der Rede gemäßer, als wenn man in klagendem Stil und Ton die Zustimmung des Zuhörers fordert: Dieses Mittel macht ihn dumm und leicht lenkbar.

XLII

Wenig zitieren und das Zitat stets in die Rede einschmelzen aus Sorge, man könnte ihren Faden reißen oder sie abkühlen lassen.

XLIII

Sich mit seinem Stoff so vertraut machen, daß man ihn wie spielerisch darlegen kann: Musik des Stils.

Zehntes Kapitel

Über Scharlatanerie

I

Das kleine und das große Publikum zum Hauptmann eines großen Leutnants machen.

II

Sich vielen unterordnen, indem man sich allen Abwesenden überordnet und allen Anwesenden unterordnet.

III

Sich in klagendem und empörten Ton loben, als wäre man durch die Ungerechtigkeit seiner Feinde dazu gezwungen.

IV

Einen kleinen Fehler einräumen, der mit einer geschätzten Eigenschaft verbunden ist.

V

Diejenigen, mit denen man sich unterhält, für das loben, worauf sie sich am meisten einbilden, damit sie das Lob, das man sich selbst spenden wird, durchgehen lassen.

VI

Vielen Leuten erzählen, daß man sehr angesehen sei. Sie wiederholen es, und diese Wiederholungen werden für den Ruf sorgen.

VII

Stets und vor allem den Frauen durch stolze Worte eine hohe Meinung von sich geben.

VIII

Mit ungezwungener Miene von den großen Fragen und großen Männern reden; immer, und sei es auch nur indirekt, seine Vorzüge jemandem gegenüber wahrnehmen: die Kunst, sein Ansehen zu festigen, indem man nur seine schöne Seite vorweist.

IX

Eine Vielzahl von Definitionen des Genies zu geben ist vorteilhaft.

X

Von unseren Rivalen diejenigen loben, die wir übertroffen haben.

XI

Den großen Männern unter den Alten und den Modernen suche man auf die Schliche zu kommen, zeige ihre Kunstgriffe, ihre Widersprüche, das Warum und Wie ihrer scheinbaren Größe, um das Wunderbare zu zerstören und zu der Überzeugung zu kommen, größer zu sein als sie.

XII

Rücke gegen eine Menge von Feinden vor: Es macht den Eindruck von Kühnheit, obwohl die Gefahr nicht groß ist.

XIII

Zwischen zwei Tadeln jemanden loben, damit der Kontrast die Kritik stärker hervortreten läßt.

XIV

Jemanden mit Emphase loben, indem man ihm das geringste seiner Talente zuspricht, um ihn dadurch einzugrenzen und zum Glauben zu bringen, er habe nur dieses.

XV

Wer das Universalwerkzeug besäße, sich jedes Jahr mit einer neuen Gattung beschäftigte und damit fünfundzwanzig Jahre fortführe, der würde als jemand gelten, der alle Gattungen gleichzeitig meisterte.

XVI

In seine Bücher und Konversation Probleme einflechten, ohne ihre Lösung mitzuteilen, Buchstabenrätsel ohne das Lösungswort, damit sich die Aufmerksamkeit auf den Autor richte. Denn die Namen von Orten, an denen man gegen seinen Willen aufgehalten wurde, behält man leicht.

XVII

Sich bei Aufzählungen ein Hintertürchen offenhalten, indem man von den wichtigsten Elementen, den wichtigsten Ursachen spricht, anstatt zu sagen: die Elemente, die Ursachen.

Elftes Kapitel

Logik der Gegenzüge

I

Jemanden mit den Mitteln des vierten Kapitels anatomisch zergliedern, und seine Elemente mit Hilfe der Zeittafel bestimmen.

II

Wenn man angegriffen wird, sich niemals auf die Verteidigung verlegen; sondern immer auf den Leib rücken, sei es mit Worten oder mit Taten.

III

Seinen Gegner mit größter Achtung behandeln, ihn entschuldigen, ermutigen, beraten, ihn mit überlegener Miene tadeln und eins ums andere Mal einen respektvollen, freundschaftlichen, ironischen, verächtlichen, kalten, menschlichen, vernünftigen, leichten, patriotischen, klagenden, einfachen oder naiven Ton anschlagen.

IV

Seine Grundsätze umwerfen, indem man Ausnahmen, also Tatsachen von entgegengesetzter Bedeutung anhäuft und dabei von jenem Teil der öffentlichen Meinung profitiert, der gegen sie eingenommen ist.

V

Seinen Beweisen, Einwänden und Antworten andere Beweise, Einwände und Antworten in größerer Anzahl hinzufügen, um deutlich zu machen, daß der Autor von dieser Frage so gut wie nichts verstanden hat.

VI

Sich bald die moralischen, bald die geistigen Eigenschaften aufs Korn nehmen, dem Autor in allen Punkten, um die es geht, die Fähigkeit, auf die er sich etwas zugute hält, absprechen und ihm dagegen zugestehen, worüber er erröten würde, so daß alles sich gegenseitig aufhebt und ihm nichts mehr bleibt.

VII

Aufzeigen, welche Unterschiede ihm bei den Tatsachen und Umständen entgangen sind.

VIII

Zuerst den Anschein erwecken, als wolle man ihm Recht geben, dann ihn zu Fall bringen.

IX

Zweierlei Zugeständnisse machen, indem man seinen Gegner in seinen Bekenntnissen eine gute Rolle spielen läßt oder sich selbst einen respektheischenden Fehler zuspricht und ihm eine lächerliche Tugend zum Geschenk macht.

X

Aus seinen Grundsätzen widersinnige oder lächerliche Schlüsse ziehen, als mache man ihm Zugeständnisse.

XI

Aus den persönlichen Schwächen des Gegners und aus seinen naturgegebenen Fehlern mit Bedacht Tatsachen und Beispiele auswählen, um entweder eine Aussage, die man selbst gemacht hat, zu stützen, oder um die des Gegners lächerlich zu machen.

XII

Die Grundsätze und Beispiele seines Gegners durch Folgerungen aus ihnen karikieren; seine Einzelaussagen karikieren, indem man sie verallgemeinert.

XIII

Mittels einer konträren oder kontradiktorischen Aussage, eine andere verneinen, die keine Ausnahme zuläßt.

XIV

Die Ausdrücke des Gegners unter die Lupe nehmen und zeigen, daß er nicht zu schreiben versteht.

XV

Einen Tadel aussprechen, aber den Anschein erwecken, als wolle man ihn damit verschonen.

XVI

Die schwache Stelle seines Gegners erfassen und sein Auge unverwandt auf sie richten.

XVII

Die Autorität seines Gegners in Frage ziehen, beweisen, daß er falsch zitiert, daß er die Stellen verdirbt, sie nicht versteht, die Tatsachen verdreht.

XVIII

Die Analyse auf die Spitze treiben, viele unnütze Einteilungen und Unterscheidungen machen.

XIX

Seinen Gegner in Zweifel stürzen, indem man zeigt, daß er nichts bewiesen hat. Das ist leicht unter der Voraussetzung, daß die Beweise nur auf Ähnlichkeitsschlüssen beruhen und daß aus einem guten Syllogismus immer nur etwas Wahrscheinliches folgt.

XX

Ihn verwirren durch die Fragen der moralischen Freiheit und des Fortschritts ins Unendliche.

XXI

Beweisen, daß seine Ansicht mit irgend einem verächtlichen System zusammenhängt, aber darauf hinweisen, daß er es nicht bemerkt habe.

XXII

Das Problem in Form einer Frage aussprechen und es so stellen, daß es schon dadurch, wie es ausgesprochen wird, gelöst ist. Das wird mühelos gelingen, wenn man ein Beispiel, bei dem der Gegner unrecht hat, verallgemeinert.

XXIII

Was unbestimmt ist, bestimmen, und was deutlich ist, verwirren.

XXIV

Sich mit allem, woran es dem Gegner fehlt, in Szene setzen und sich sogar in dem, worin er herauszuragen scheint, größer erscheinen lassen.

XXV

Zuerst sein Ziel angreifen, und dann beweisen, daß seine Mittel auch dann nicht ausreichen würden, wenn sein Ziel gut wäre.

XXVI

Seine Schwächen und das Lächerliche an ihm herauszufinden suchen und es mit Hilfe von Bildern und Bewegungen schildern, die man der Klasse verachteter Tiere und Menschen entnimmt, auf die sich seine Reden und Taten beziehen.

Gedanken über Vortragskunst

Das Talent, das am besten geeignet ist, die anderen Talente glänzen zu lassen, ist dasjenige, was die Alten «actio», Vortrag, nannten und was wir Deklamation nennen. Man weiß, wie hoch sie diese einschätzten. Auf die Frage, welches das höchste Verdienst des Redners sei, antwortete Demosthenes: der Vortrag; das zweithöchste? der Vortrag; das dritthöchste? der Vortrag. Er selbst hatte bei Satiras, dem berühmtesten Schauspieler seiner Zeit, Unterricht genommen.

Die Vortrag besteht aus dreierlei: dem Gedächtnis, der Stimme und der Gebärde, die alle drei durch das Beispiel, die Reflexion und die Praxis entfaltet werden.

Nur die dargestellte Figur gefällt und weckt unser Staunen.
Aller Reiz wird zerstört, wenn man die Person des Darstellenden sieht.

Man kann sagen, daß ein Mann, der in der Öffentlichkeit redet, eine bestimmte Gestalt darstellt. Das hauptsächliche Augenmerk des Redners muß darauf gerichtet sein, nur die dargestellte Gestalt sehen zu lassen. Die Illusion wird zerstört, wenn er nicht sorgfältig zu verbergen weiß, daß er bloß Gelerntes wiederholt. Deshalb ist das Gedächtnis notwendigerweise der erste Teil der Redekunst.

Die Reden fallen einem zu spät ein, wenn man sich nicht an jede Wendung genau in dem Augenblick erinnert, da man ihrer bedarf. Das Gedächtnis muß mit einem einzigen Blick nicht nur alles umfassen, was man im gegenwärtigen Augenblick, sondern auch, was man in der Folge zu sagen hat.

Die Verknüpfung der Ideen, sagt Condillac richtig, ist das Prinzip des Gedächtnisses. Das Gedächtnis wird also hauptsächlich von der Ordnung, die man in seine Ideen bringt, und von ihrer Analyse abhängen. Die beste Art des Gedächtnisses und die sicherste besteht darin, einen Gedächtnisakt mit einem Urteil zu verbinden. Ich will zum Beispiel eine Rede auswendig lernen. Ich durchdenke den Hauptgedanken, die Nebengedanken, ihre Anzahl, ihre Ordnung, ihre Verknüpfung, den Grundriß jedes Teils, die einzelnen Teile, die Unterteilung jedes Gegenstandes. Ich wage zu behaupten, daß man sich auf diese Weise unmöglich täuschen kann. Würde man die Rede vergessen, könnte man sie aus dem Stand wiederfinden. Und mit welcher Leichtigkeit graben sich im übrigen die rhythmischen, geschmückten, glänzenden Wendungen in das Gedächtnis ein, kurz alles, was der Eitelkeit desjenigen schmeichelt, der reden soll.

Das hauptsächliche Ziel der Ordnung ist es, uns die Dinge in dem Augenblick darzureichen, in dem wir ihrer bedürfen. Also klassifiziere man alles, mache Auszüge aus allem, was man liest, lasse in allem, in allen Angelegenheiten und Gedanken Ordnung herrschen – mehr sogar als bei denen, die vorgeben, am ordentlichsten zu sein.

Vor allem ist es wichtig, sich ein Ganzes von einer gewissen Ausdehnung vorzustellen und in der Lage zu sein, es zu begreifen und zu durchdenken.

Ein sehr nützliches und bequemes Verfahren, an das man sich gewöhnen muß, um seinen Geist schnell zu machen und sich zugleich an eine Vielzahl von Ideen zu erinnern, besteht darin, von jeder Idee, die man hat, nur das tragende Wort zu behalten, dessen Erinnerung allein den ganzen Satz wieder hervorruft. Voltaire sagt irgendwo: «Die Worte sind die Laufburschen der Gedanken.» Indem ich von diesem Gedanken hier einen etwas anderen

Gebrauch mache, sage ich, daß man sein Gehirn daran gewöhnen muß, über die gesamte Strecke auch der längsten Erörterung nichts anderes als Leitwörter zu brauchen.

Wie bei einer Abhandlung vielleicht nur der Grundriß und die wichtigsten Ideen ein Werk des Genies sind, während die hinzukommenden Gedanken aus ihrem eigenen Grund herauswachsen, braucht man bei der Gedächtniskunst nur die besonderen Verknüpfungen zu behalten, die man sich nicht ausdenken kann und die eigentlich das Werk des Gedächtnisses ausmachen. Drei Operationen graben deinem Geist ein, was du willst, daß er behalten solle: erstens gründlich begreifen; dann jede Sache durchdenken; schließlich das Geschriebene mehrmals durchlesen. Freilich kommt es häufig vor, daß man dieselbe Sache zehnmal hintereinander liest und trotzdem noch das Gefühl hat, daß sie einem nicht in den Kopf will, obwohl man alle Worte versteht. Es scheint so, als müßte dies anders sein, da doch die Schrift den Ideen einen Leib gibt. Ich glaube, den Grund begriffen zu haben. Es liegt daran, daß man sich mit der Schrift erfüllen möchte, bevor man sich mit der Sache selbst erfüllt. Während des Schreibens entstehen die Gedanken, und dann tritt die Schrift hinzu, die sie wirklich werden läßt. Auf diese Weise kann man die Ideen behalten. Wie man sieht, steht die Schrift hier nur an zweiter Stelle. Wenn man dagegen etwas auswendig lernt, bietet sie sich zuerst dar, und wie wenig der Geist auch dazu neigt, sich abzuschwächen, tut er doch gut daran, sich an die Schrift zu halten, sobald er nicht mehr bei der Sache ist. Die Arbeit des Gedächtnisses ist also genau dieselbe wie die der Schrift.

Auswendig lernen, «apprende par cœur», ein Wort, das mir gefällt: Es ist demnach eigentlich nur das *Herz*, das gut und rasch behält.

Die geringste Sache, die einen in einer bestimmten Umgebung in Erstaunen versetzt, läßt sich leicht behalten. Die Kunst würde also darin bestehen, soviel wie möglich zu staunen.

Die Alten und die Modernen haben verschiedene Mittel erdacht, um das Gedächtnis zu unterstützen. Diese Quelle ist durchaus nicht zu verachten, ebensowenig wie die großen Exempel des Gedächtnisses. Man möchte nicht glauben, wie sehr sie zur Nachahmung dienen können.

Sich befehlen, eine bestimmte Sache in einer bestimmten Zeit, einer Viertelstunde, einer halben Stunde, einem Tag, zwei Tagen zu behalten. Denn der Geist ist von Natur aus träge. Sofern keine besondere Triebfeder ihn davon abhält, überläßt er sich dem erstbesten Gegenstand, der von ihm Besitz ergreift.

Ich habe einen im übrigen ziemlich verrückten Mann gekannt, der seine Einfälle drucken ließ, damit er sie besser korrigieren konnte. Ich fühle, daß diese Methode die mir gemäße wäre nicht nur beim Schreiben, sondern sogar beim Lernen. Denn Gedrucktes zu behalten, macht mir kaum Mühe. Vielleicht täte ich bei wichtigen Anlässen gut daran, dieses Mittel anzuwenden.

Schreiben: das Gedächtnis erinnert sich besser an das, was es geschrieben gesehen hat. Man macht sich gleichsam zu einer Tafel, von der man sozusagen abliest in dem Augenblick, da man spricht.

Ich habe beobachtet, daß das Gedächtnis, wenigstens bei mir, vor allem den Ort festhielt, an dem ich eine Sache gesehen hatte. Wenn ich eine undeutliche Erinnerung an irgend etwas hatte, dann führte ich meinen Geist nach und nach an den betreffenden Ort zurück, und dieser gab mir noch einmal die Vorstellung von dem, was ich dort *gesehen* hatte. Würde man sich selbst genau beobachten, fände man zahllose untrügliche Anhaltspunkte, wie man sich die Arbeit erleichtern könnte. Das Herz, der Geist, das Gedächtnis sind ein anderes ganz neues Feld für Beobachtungen. Alles ist neu, weil nichts unzweideutig ist.

Das Gedächtnis hilft sich auch mit Ziffern. Also zähle man die Anzahl der Dinge, die man zum Beispiel in einer Rede zu lernen hat.

Ich habe auch bewiesen, daß es mir sehr geholfen hat zu reden, wenn ich mich in den Zustand versetzen wollte, in dem ich etwas behalten konnte. Oft habe ich in der Öffentlichkeit ein oder zwei Stunden lang zu reden versucht, ohne mich im geringsten vorbereitet zu haben. Diese Übung sollte mir eine einzigartige Fertigkeit verleihen, und in diesen Augenblicken schien es mir, daß ich mich, müßte ich eine Rede halten, auch wenn sie nur abzulesen wäre, sehr vorteilhaft aus der Affäre ziehen könnte.

Es gibt noch ein weiteres Verfahren, das Leibniz empfiehlt: Einen Satz lernen und ihn wiederholen, dann den ersten, den zweiten und den dritten und so fort. Man muß es ausprobieren. Wohlan, wenn es euch behagt.

Ich habe mir ein künstliches Gedächtnis ersonnen, eine Methode, wie man sein Gedächtnis in die verschiedenen Falten seiner Hand legt. Oft habe ich mich ihrer mit Erfolg bedient, aber ich muß noch weiter darüber nachdenken und werde den Einfall eines Tages weiterverfolgen.

Um eine Rolle zu lernen, las der Schauspieler Lekain sie zweimal am Vormittag, zweimal am Nachmittag, und so verfuhr er über einen längeren Zeitraum. Anschließend lernte er dann die Verse.

Ich habe gehört, wie er zu Larive sagte, lange Zeit habe er seine Rolle Strophe für Strophe auswendig gelernt. Diese Methode strengte ihn sehr an. Er dachte sich eine andere aus, die ihm mehr behagte: Zehnmal, zwanzigmal eine ganze Rolle lesen, ohne sie zu lernen; es genügt, sie zu verstehen. Diese Methode ist identisch mit jener, von der ich gesprochen habe, der Analyse. Das Ganze zu begreifen stärkt den Geist.

Gerbier klagte mir gegenüber über sein Gedächtnis. «Wie machen Sie es», sagte ich ihm, «wenn Sie stundenlang reden?» Er antwortete mir: «Ich verbringe fünf bis sechs Tage im voraus damit, daß ich mir sage und wiederhole: Du wirst dieses sagen, du wirst jenes sagen und so fort.» Er fügte hinzu: «Wissen Sie, warum man mir Respekt entgegenbringt? Vielleicht verdanke ich das nur meinen geringen Kenntnissen. Da ich fast nichts weiß, bin ich niemals versucht, mein Thema zu verlassen.» Die Natur hat für diesen unglücklichen Menschen alles getan, und er nichts für sie. Er fühlt es wohl, es reut ihn. Aber wer wünschte nicht für denselben Preis eine ebenso expansive Seele zu besitzen, die ebenso rasch alle Gefühle empfängt und mitteilt? Im Gespräch ist er derselbe wie an der Gerichtsschranke, er erzählt wunderbar, seine Stimme und seine Gebärden führen alles aus, was er sagt. Ich habe gesehen, wie er vor eine Büste trat und ihr sein Plädoyer hielt wie einem Auditorium.

Bonnières hat mir erzählt, daß er die ersten beiden Jahre wie ein Galeerensklave gearbeitet habe, um seine Fälle zu lernen und sie in seinen Kopf zu bringen. Er wagte nicht, aus dem Stegreif zu reden, wollte aber auch nicht ablesen. Tagelang ging er in seinem Zimmer auf und ab, wiederholte dieselbe Sache zwanzigmal, plädierte in allein einer einzigen Sache zwanzigmal. Danach wurde er mutiger, fand Selbstvertrauen und gelangte zu jener höchsten Leichtigkeit, in der er als Schriftsteller nur schwer zu übertreffen sein dürfte.

Jefferson, einer der Befreier Amerikas, sagte mir, daß er nie sehr viele Dinge behalten konnte.

«Werden Sie Ihrem Gedächtnis überlegen», riet mir Larive. Der Schauspieler, der eine Rolle spielt, ist nicht würdig, in einer Tragödie aufzutreten, wenn er auch nur einen einzigen Vers ausläßt. Ich habe oft gedacht, daß die bedeutenden Beispiele von Gedächtnis sehr nützlich waren: Indem man ein schönes Organ hört, wird einem eine Stimme verliehen.

Die Gedächtniskunst ist die Kunst, das Gedächtnis zu üben. Eine Zeitlang habe ich bei Mademoiselle Clairon Stunden genommen. «Haben Sie eine Stimme?», fragte sie, als sie mich zum ersten Mal sah. Von dieser Frage überrascht und auch weil ich nicht so recht wußte, was ich sagen sollte, erwiderte ich: «Ich habe eine Stimme wie jedermann sonst, Mademoiselle. – Machen Sie mir also eine.»

Hier einige ihrer Grundsätze:

«Es gibt eine Beredsamkeit der Töne. Vor allem muß man sich bemühen, seiner Stimme Rundheit zu geben: Damit die Töne rund werden, muß man spüren, wie sie am Gaumen abprallen. Vor allen Dingen muß man vorsichtig vorgehen. Einfach! Einfach! Die Mannigfaltigkeit der Betonungen macht den Zauber der Diktion aus. Wenn ein Wort in sich kraftvoll ist, wie ‹horreur›, ‹sacré›, erübrigt es sich, es zu verstärken. Es genügt, wenn man es gut ausspricht. Die nicht abgeschlossenen Bedeutungen, diejenigen, die in der Luft hängen, muß man stützen.

Bei jeder Änderung des Sinns soll man den Ton ändern. Niemals darf man den folgenden Satz in derselben Tonlage beginnen, in dem man den vorangegangenen beendet hat. – Alle Sorgfalt muß man daran wenden, den Worten ihren richtigen Wert, ihre wahre Ausdehnung zu geben, was viel seltener gelingt, als man meinen möchte. – Jede Sache hat ihren eigentümlichen Akzent. – Seine Stimme und ihre Bewegungen soll man schonend behandeln. Vor allem durch Sparsamkeit gibt man seinen Ausgaben Glanz. – Um sich nicht vom letzten Wort eines Satzes verwirren zu lassen, sollte man sich auf das vorletzte Wort stützen. Ein Satz, den man gut begonnen hat, endet fast immer gut. – Vor allem soll man von dem, was man wiedergeben möchte, durchdrungen sein. Was wollen Sie sein? Redner? Dann seien Sie es überall, in Ihrem Zimmer, auf der Straße. Nichts ist stärker als die Gewohnheit. Sie steht am Ende von allem. – Suchen Sie in einem Satz das entscheidende Wort oder jenes, das dem vorhergehenden Satz Halt gibt. – Im allgemeinen gilt es, wenn man so sagen darf, den Wörtern die Farbe der Empfindung zu geben, die sie hervorrufen.» Zum Beispiel heißt es bei Massillon: Dieses erhabene Kind wurde geboren zum Untergang wie zum Heil von vielen. Sie wollte, daß man den Satz folgendermaßen sprach: Dieses erhabene Kind wurde geboren – zum Untergang – wie zum Heil von vielen. «Wenn Sie vom Untergang sprechen, lassen Sie in ihren Gesichtszügen Schmerz darüber erkennen, Menschen zu sehen, die verdammt sind. Wenn Sie vom Heil sprechen, stellen Sie Freude dar.»

Monsieur Thomas machte mir die folgenden Mitteilungen: Mademoiselle Clairon hat in den ersten zehn Jahren, die sie am Theater war, sehr häufig laut gesprochen. Sie bemerkte dann, daß es eine andere, natürlichere Sprechweise geben müsse, daß die lauten Auftritte eine geringere Wirkung erzielen als die gefühlte und durchgebildete Sprechweise. Wie aber ließ sich dieser Wechsel bewerkstelligen? Man war an ihr Spiel gewöhnt, die Abweichung hätte schockiert, man hätte sie mit ihr selbst verglichen, und ihr neues Vorhaben wäre ins Hintertreffen geraten. Also beschloß sie, sich für einige Zeit zurückzuziehen. Sie ging nach Bordeaux und trat dort mit glänzendem Erfolg auf. Als sie nach Paris zurückkehrte, weckte sie die lebhafteste Begeisterung. – Eines Tages setzte sie sich in einen Sessel, und ohne ein einziges Wort zu sagen, ohne eine einzige Gebärde schilderte sie allein mit ihren Gesichtszügen die Leidenschaften: Haß, Wut, Entrüstung, Gleichgültigkeit, Traurigkeit, Schmerz, Liebe, Menschlichkeit, Natürlichkeit, Fröhlichkeit, Freude und so weiter. Sie stellte nicht nur die Leidenschaften an sich dar, sondern auch alle Nuancen und charakteristischen Unterschiede. Zum Beispiel bei der Furcht drückte sie Grauen, Angst, Erregung, Erschütterung, Unruhe, Schrecken und so weiter aus. Auf die Bewunderung, die man ihr gegenüber äußerte, antwortete sie, daß sie die Anatomie genau studiert habe, so daß sie wisse, welche Muskeln im einzelnen zu betätigen seien, und schließlich habe die Gewohnheit sie in die Lage versetzt, sozusagen alle ihre Fäden zu ziehen.

«Bilden Sie Ihre Stimme aus», sagte Mademoiselle Clairon mehr als einmal zu mir. «Das übrige spielt sich hier ab...», fügte sie zu mir gewandt hinzu, indem sie die Hand auf meine Stirn legte.

Ich merke, daß man aus Gewohnheit im Kopf und Gedächtnis jene Stimmen haben muß, die uns am besten gefallen und unserer Sprechweise am nächsten kommen. Ich täte gut daran, oft an die Stimme Larives oder an die von Brizard, von Gerbier, von Fräulein Clairon zu denken.

Ich würde es vorziehen, wenn ich mich so oft wie möglich an die Stimme von Fräulein Clairon erinnern und mich ihrer Art annähern würde. Denn sie ist es, bei der ich die größte Leichtigkeit finde. Sie läßt ihre Stimme bald sanft, bald kraftvoll klingen, immer aber so, daß sie sie nach ihrem Gutdünken zu lenken versteht. Vor allem dämpft sie sie häufig, was die geringste Stärke, die sie ihr gibt, sehr eindrucksvoll macht. Sie wählt ein sehr langsames Tempo, was gleichzeitig dazu beiträgt, dem Geist

Ideen, Anmut, Reinheit und Vornehmheit des Stils zu verleihen. Ich behaupte, daß es in der Rede wie in der Musik eine Art Maß der Töne gibt, das dem Geist hilft, wenigstens dem meinigen. Ich habe bemerkt, daß es bei den meisten, die aus dem Stegreif reden, so ist, und im Grunde redet auch Gerbier, der beste Redner, den ich je gehört habe, mit dieser Art von Langsamkeit. Wenn er etwas auswendig hersagt, macht er den Eindruck, als denke er vor jedem Satz nach, so daß dieser nicht als notwendiges Resultat erscheint. Gerbier unterscheidet sich hierin von allen anderen, die ihre Worte aufs Geratewohl zu setzen scheinen.

Gerbier hat jenes Maß, an das ich denke, das ich aber nicht aufzuzeichnen vermag. Glauben Sie nicht, es handle sich um nichts weiter als um Langsamkeit. Manchmal verhüllt man sie durch Kraft, manchmal durch die Wärme, die man gewissen Wörtern oder Sätzen mitteilt. Daraus ergibt sich eine Mannigfaltigkeit, die gefällt. Aber der Hintergrund ist immer ernst und eine Pose.

Linguet sagte mir, er könne nur in den beiden Nächten schreiben, die dem Tag vorausgingen, an dem er sprechen sollte. Diese Erregung wühle seine Gedanken auf, und sogar seine Stimme gewinne dabei. Muß man eine Rede halten, so schadet es nicht, wenn man sich die Kehle ein wenig mit Zucker geschmeidig macht. Linguet hat gewiß nicht die natürlichste Vortragsart, aber er ist voller Anmut. Er betont bestimmte Worte, aber dies ist eine Gefühlsregung, die gefällt. Er beherrscht die Kunst, alles deutlich hervortreten zu lassen.

Wissen Sie, warum es wesentlich ist, seine Stimme in mittlerer Lage ertönen, mit einem Wort: sie sprechen zu lassen? Wenn man nämlich diese Kraft nicht hat, wird man niemals eine gute Aussprache besitzen, nie mit der gehörigen Rundung und Dauer artikulieren, nie sein eigener Herr oder der seiner Intonationen sein. Und Kraft hat man nur, wenn man sich keinen Zwang antut. Wenn man sich unbehaglich fühlt, läßt man die Stimme anschwellen und forciert sie, so daß es keine Mannigfaltigkeit, keine Betonung, keine Wahrheit mehr gibt. Dies alles verschwindet. Deshalb soll man auch nicht versuchen, die Stimme eines anderen nachzuahmen, zumindest nicht, wenn sie ihrer Art nach der unseren ähnelt.

Die tiefe Stimme hat die stärkste Wirkung und bereitet das meiste Vergnügen, allerdings nur, wenn sie die hohen Töne nicht verliert, die das stärkste Pathos haben.

Der Stimmschlüssel auf der Tonleiter entspricht dem Charakterschlüssel auf der moralischen Leiter.

Die Seele der Stimme liegt in den verlängerten und durchgehaltenen Tönen.

Mademoiselle Clairon sagt gewisse Worte mit einer unglaublichen Kraft. «Man muß», sagte sie, «die Aussprache auf ein festes und starkes Fundament stellen, die Stimme bei bestimmten Worten anschwellen lassen, um sie besonders hervortreten zu lassen, sie nicht heben, sondern ihr Nachdruck verleihen. Jeden Tag soll man daran arbeiten, die Stimme unmerklich zu heben, und sich darum bemühen, sie fester werden zu lassen, bis jedes Wort einem Befehl entsprungen zu sein scheint. Wichtiger, als man meinen möchte, ist es, mit fester Stimme zu reden und nichts mit Weichheit zu sagen: Festige die Stimme, und gleichzeitig wird sich der Charakter festigen. Im allgemeinen ist die starke Stimme auch die Stimme der Unbeugsamkeit.

Indem man frei spricht, nicht aber, indem man abliest, kann man wahrhaft fühlen lassen, was man sagt. Einige tüchtige Leute meinen freilich, man müsse ablesen, und so ist es auch bei den Advokaten des Parlaments von Bordeaux üblich. Andernfalls verhaspele man sich, die Gedanken erschlafften, würden schwächer und verlöschten bald. So ist es der Fall bei Monsieur de Saint-Fargeau. Daher auch das Lieblingswort der meisten Anwälte, die das schätzen, was man «causer d'affaires» nennt. Um das Zwingende eines vollen und dichten Stils mit der Leichtigkeit zu versöhnen, muß man, glaube ich, auswendig lernen. Das ist freilich mühsam. Am Ende jedoch winkt der Ruhm. Außerdem lassen sich auf diesem Wege sowohl diejenigen übertreffen, die sprechen, wie diejenigen, die schreiben. Wenn man, was man sagt, niemals dem Zufall überläßt, zögert man auch nie, ruft man immer Bewunderung hervor, und aus diesem Gefühl, das sich beim anderen manifestiert, schöpft man neue Kraft und neuen Einfallsreichtum.

Es mag tausend Arten geben, eine Sache auszudrücken, aber es gibt nur eine einzige wahrhaft natürliche. Um diese muß man sich bemühen. Und im übrigen gibt es die natürliche Art und Weise im allgemeinen und die natürliche Art und Weise im besonderen bei dem, der spricht: Das Talent der Vortragskunst ist vielleicht ein Ergebnis dieser zweifachen Kombination.

Bevor ich eine Rede halte, pflege ich mich intensiv zu sammeln, mit mir selbst zu Entschlüssen zu gelangen und mir nach Larives Rat zu sagen: Mit Behutsamkeit werde ich dieses Gelände betreten, mit mehr Entschlossenheit jenes. In dem einen Teil meiner Rede werde ich aufmerksam sein, methodisch, argumentierend, im anderen drängend, volltönend, an anderer Stelle wiederum anrührend und so fort. In der gesamten Rede werde ich aufmerksam, methodisch, argumentierend vorgehen, mit Geziertheit, einer bestimmten Gebärde, einer Pause in einem bestimmten Augenblick. Ich werde mit meiner Stimme sparsam umgehen, werde sie nicht gleich am Anfang verschwenden, damit sie die Freiheit behält, sich zu erheben, und der Eindruck entsteht, daß mir von ihr am Ende viel übrig bleibt. Im allgemeinen werde ich mich in tiefer Tonlage halten, schrille Töne vermeiden und mich reich an Modulationen zeigen. Denn diese Mannigfaltigkeit macht die Wahrheit und Schönheit des Vortrags aus.

Man muß stets den Eindruck erwecken, daß man das, was man sagt, selbst schaffe. Man muß über seine Worte gebieten. Die Vorstellung, man spreche zu Zuhörern, die an Macht, Glaubwürdigkeit, vor allem aber an Geist unterlegen sind, gibt Freiheit, Sicherheit und sogar Anmut. Einmal sah ich d'Alembert im Gespräch in seiner Wohnung oder besser: in einer Art Elendsquartier, denn sein Zimmer verdiente keinen anderen Namen. Er war von Rittern des Ordens vom Heiligen Geist, Ministern, Botschaftern umgeben. Wie groß war seine Verachtung für diese Welt. Ich war überwältigt von dem Gefühl, das die Überlegenheit des Geistes in der Seele hervorruft.

Es gibt kein Gedächtnis ohne Tätigkeit, keine schöne Sprache ohne Sicherheit und auch nicht ohne einen gewissen Mut, keine Anmut ohne Freiheit.

Bei Lekain erstaunte der vollkommene Einklang seiner Bewegungen, seines Körpers, seiner Gesten, seiner ganzen Person, von Gesicht und Stimme. «Manchmal kam ich zu spät», sagte Monsieur Thomas zu mir, «und ich fand mich unter der Bühne. Solange ich dann Lekain nicht sah, schienen tausenderlei Dinge falsch gesagt zu sein. Nachdem ich dann aber ins Orchester gelangt war und den Schauspieler sah, gab der bewundernswerte und völlige Einklang seines Wesens sogar jenen Betonungen die Natürlichkeit zurück, die am meisten davon entfernt zu sein schienen.»

Dies erinnert mich an eine andere Erscheinung derselben Art. Der Vortrag Gerbiers, die Bewegung seiner Augen und seines Gesichts erzeugen eine so magische Wirkung, daß ich unlängst, nachdem ich ihn gehört hatte, eine ziemlich merkwürdige Beobachtung machte. Allen denjenigen, die ihn von vorne gesehen hatten, war er als schön, als bewunderungswürdig und fast als derselbe erschienen wie in den Tagen seines Ruhms. Aber alle, die hinter ihm gestanden hatten, hatten den Eindruck, er sei gealtert und verfallen.

Ich komme auf Lekain zurück. Die Rollen, in denen dieser Schauspieler glänzte, fügte Monsieur Thomas hinzu, waren leidenschaftliche Rollen: Orosmane, Vendôme, Tancrède, Dschinghis Khan, Wenzeslaus, Warwick. Er war nicht, was man einen großen Geist nennt, aber kein Mensch hatte von der Natur eine tiefere, vielfältigere Sensibilität erhalten. Die Sensibilität von Schauspielern ist häufig äußerlich, da sie keine wirkliche haben. Die Lekains war ganz und gar innerlich. Sie erinnerte an antike Denkmäler, die kaum über den Boden hinausragen und deren von der Erde bedeckten Säulen es der Phantasie des Reisenden erlauben, sich ihre ganzen Ausmaße vorzustellen. Man ergänzt mechanisch alles, was man nicht sieht und von dem man nur ein Vorgefühl hat. In seinen großen Auftritten erzeugte Lekain durch Sprengen der Töne furchterregende Wirkungen, die von der Seele ausgingen und dort zu bleiben schienen. Im nächsten Augenblick war er ein brüllender Löwe, ein Löwe, der seine Fesseln gesprengt hatte. Ganz allein füllte er das Theater aus. Seine Rollen studierte er gründlich. Es gab Rollen, die er über zehn Jahren erarbeitete. Genauestens studierte er seine Gebärden ein, da sie das Vehikel der Wahrheit seiner Diktion waren.

Man beglückwünschte ihn, weil er auf der Bühne mehr als sechs Füße zu haben schien. Er antwortete: «Wir sind groß nicht durch unseren Körper, sondern durch unsere Seele.»

Lekain hatte die Angewohnheit, eine Stunde vor seinem Auftritt im Theater auf und ab zu gehen, es mit Schritten zu vermessen, sich mit dem Geist der Tragödie zu erfüllen. Diese Methode sollten wir auf unsere Studien übertragen. Man läßt sich von dem Gegenstand, den man darlegen will, nicht genug durchdringen. Man muß ihn personifizieren, sich in seine Nähe begeben, ihn betrachten. Auf diese Weise sei es ihm gelungen, sagte mir Monsieur G..., das schöne Porträt des heiligen Bernhard in wenigen Stunden zu verfassen.

Kein schöner Vortrag ohne Reichtum der Betonungen. Es gibt Schauspieler und sogar viele von denen, die als die besten gelten, die nur in drei oder vier Tönen sprechen.

Ich habe erprobt, daß mir nichts so sehr die Herrschaft über meinen Vorstellungen gab, als lange Zeit ein und dieselbe Sache zu tun oder mich mit ähnlichen, aber schwierigen Arbeiten darauf vorzubereiten. Um mich zum Beispiel in der Vortragskunst zu üben, übertrieb ich es, indem ich eine ganze Stunde lang die Raserei der Orest, die Rollen von Thomas und Mahomet deklamierte. Ich hatte mir die Kehle ganz heiser gebrüllt. Am Abend nun trug ich alles mit Kraft, äußerster Leichtigkeit und viel Wahrheit vor. Wofür auch immer, man muß sich wappnen. Das Talent beginnt mit den kraftvollen Anstrengungen, aus denen es besteht, dann setzt es sich, reinigt sich und nähert sich der Vollkommenheit.

Ein Redner in einem öffentlichen Amt, sagte mir Mademoiselle Clairon, brauche nur wenige Gebärden, deren Gattung die Vornehmheit und die höchste Würde ist. Also ganz wenige Gebärden, aber am richtigen Platz, und zu achten sei darauf, welche Gegensätze der Wechsel der Gebärden hervortreten läßt.

Man muß fest auf seinen Füßen stehen, die gleichsam das Fundament des Körpers sind und von denen alle Sicherheit der Gebärden ausgeht. Man kann nicht genug in seinem Zimmer üben, festen Schrittes zu gehen, aufrecht, die Beine über den Füßen, die Schenkel über den Beinen, den Rumpf über den Schenkeln, mit geradem Kreuz und herabhängenden Schultern, mit geradem Hals und wohlgesetztem Kopf. Solches lehrt der vornehme Figurentanz.

Wollen Sie, daß Ihre Augen in ihrer ganzen Größe erscheinen? Dann senken Sie den Kopf, neigen Sie ihn, bis er schwer lastet. Wenn man nun den Kopf hebt, spürt man tatsächlich, wie die Augen sich zusammenziehen. Wollen Sie Aufmerksamkeit ausdrücken? Dann drehen Sie den Kopf leicht, so daß sich Ihre Augen drehen und stehenbleiben. Wollte man dagegen geradeaus blicken und zuhören, so wäre dies eher ein Zeichen von Dummheit als von Aufmerksamkeit. Wollen Sie Erstaunen darstellen? Dann lassen Sie die untere Gesichtshälfte fallen. Grauen? Lassen Sie die Lippen zittern.

Ich habe beobachtet, daß die Gebärden im allgemeinen leichter fallen, wenn der Körper nach vorne geneigt ist. Ist er aufgerichtet und sind die Arme gestreckt, läuft man Gefahr, es an Anmut fehlen zu lassen. Die Gebärden bis zur Taille sind unendlich vornehm und voller Anmut.

Je mehr man den Arm gegenüber dem Körper verkürzt, um so weniger Kraft kostet die Gebärde.

Madame Larive sagte mir, ihr Gemahl bemühe sich vor allem darum, den Gegensatz zwischen Körper und Arm auszugleichen, wodurch die Gebärde in der Tat sehr anmutig wird.

Vornehmheit ergibt sich aus der Haltung der Schultern, der Länge des Halses und aus seiner Bewegung auf dem Zapfen. Sie liegt auch sehr in der betonten Bewegung.

Schwenken Sie niemals das Handgelenk, auch nicht bei den größten Bewegungen. Ich habe beobachtet, wie durch die abgehackten Bewegungen des Handgelenks Vornehmheit und Anmut zerstört wurden.

Wenn Mademoiselle Clairon spricht, winkelt sie ihr Handgelenk etwas vom Arm ab. Ich hörte, wie diese Haltung kritisiert wurde. Aber mir gefällt sie sehr.

Beobachten Sie die Hände Brizards, wie sie sich am Ende des Gelenks bewegen.

Molé hat viele kleine Gebärden und sicherlich hat er zu viele davon. Aber welche Leichtigkeit, welche Freiheit, welche Anmut. Leichtigkeit in allem. Anmut ist mit Kraft zu verbinden.

Bevor man ein Gefühl ausdrückt, soll man daraus eine Gebärde machen. Fast immer ist dies die beste Methode. Zwei Monate, nachdem mir dieser Gedanke gekommen war, fand ich ihn in Bordeaux in den Manuskripten Montesquieus wieder, und ich war stolz, daß der berühmte Baron häufig Gebrauch von ihm gemacht hat.

Eine wichtige Beobachtung. Die Gebärde ist die Bewegung des Arms, nicht die Bewegung der Hand. Daher rührt der hauptsächliche Fehler des französischen Schauspielers Saint-Prix. Ich habe es ihm gesagt, und er hat es eingeräumt. Das Prinzip ist höchst einfach. Es ist höchst fruchtbar, jedenfalls für mich. Die Gebärden, die bis dahin von einer abscheulichen Straffheit, Trockenheit, Abgehacktheit waren, wurden mir dadurch ganz leicht. Bei Larive scheint so die Hand die meiste Zeit, sogar bei den heftigsten Bewegungen, nichts weiter zu sein als das Ende des Armes, das Handgelenk rührt sich nicht.

Zweite Beobachtung. Die besten Schauspieler sagen oft mehrere Sätze hintereinander, ohne ihre Gebärden dabei zu ändern. Sie haben recht. Man muß verhindern, daß es zu viele Gebärden werden. Denn je mehr man hervorheben möchte, desto mehr löscht man auch aus, wenn man alles gleichmäßig hervorheben will.

Oft entsteht dadurch eine große Ausdruckskraft, daß man alles andere unterläßt. Nie wirkt man leidenschaftlicher als in den Sprechpausen. Der Kopf und seine Bewegungen können auch ohne Unterstützung der Arme sehr große Wirkung hervorbringen.

Je mehr man die Anzahl der Gebärden verringert, desto einfacher sind sie und um so größere Wirkung haben sie. Für jedes Gefühl sollte es eine charakteristische Gebärde geben. Allerdings glaube ich nicht, daß es eine sehr große Anzahl von Hauptgebärden gibt. Die besten Schauspieler hatten nach meiner Beobachtung nur eine bestimmte Menge von einigermaßen begrenzten Bewegungen, die unaufhörlich wiederkehrten. War es ihr Fehler oder ein Mangel ihrer Kunst?

Die im kleinen vervielfältigte Gebärde ist schwach. Die große und einfache Gebärde drückt ein echtes Gefühl aus. Durch sie könnte man eine große Bewegung mitteilen.

Bei allen edlen und einfachen Dingen, die keinerlei Wärme mit sich führen, würde ich mir nur eine langsame und sogar seltene Halbgebärde erlauben wollen. Müßte man anschließend dann etwas anderes lebhaft sagen, dann würde die unauffälligste Gebärde, so wenig sie auch beseelt sein mag, lebhaft wirken. Die Gegensätze. Die Ökonomie.

Dritte Beobachtung. Wenn eine Gebärde gequält und ungeschickt erscheint, liegt dies häufig daran, daß man seinen Arm nicht im richtigen Augenblick sinken ließ oder es bei jeder Gelegenheit tat. Das ist das Kraftlose und Schleppende der Gebärde. Je weniger man seinen Arm sinken lassen kann, desto besser ist es. Ich habe gesehen, wie Larive und die guten Schauspieler die Bewegung ihrer Arme mehrere Verse hindurch und sogar in ganzen Monologen so variierten, daß dieser Arm nur ganz selten und ganz am Ende sank. Er sollte allmählich und nicht ruckweise fallen.

Man applaudiert nur solchen Gebärden, die originell zu sein scheinen. Ohne dies wäre die Gebärde keinem Tadel zugänglich, vielmehr wäre sie nur etwas Fabrikmäßiges und Routine.

Die Seele des Arms steckt im Ellenbogen. Zwangsläufig beginnt die Bewegung im Ellenbogen. – Will man den Arm heben, so hebe man den Ellenbogen, der sich im allgemeinen auf gleicher Höhe befinden sollte wie die Hand. Man breite die Arme aus. Diese sich seitlich vom Körper öffnenden Gebärden sind wirkungsvoller als jene, die man vor dem Körper macht. – Hebt man den Ellenbogen, dann werden die Arme zu einer Rundung geführt. Man senke auch den Kopf, um die Luft zu haben, die Arme zu heben. – Man hebe die Arme in einem Zug, also Arm und Hand zugleich.

Die Gebärde soll sich immer wieder erneuern, wie der Anblick der Erde. Man wiederhole eine bestimmte Gebärde, bevor man zu sprechen beginnt, und lasse eine Absicht übrig, die zur Ausführung kommt, nachdem man gesprochen hat.

In bestimmten Augenblicken soll man die Augen so weit wie möglich öffnen. Auch empfiehlt es sich, die Augen zu senken, ehe man eine Gebärde wieder aufnimmt, was zu einer Unterbrechung der Gebärde führt.

Die Bewegungen der Augen, des Kopfes, des Körpers, der Arme und der Hände können Regeln unterworfen werden.

Verändert man die Haltung des Kopfes mit Bedacht, dann ändere man auch die der Füße. Manchmal neige man den Kopf zu den Schultern. Verändert man die Haltung des Körpers, ändere man auch die des Kopfes.

Ausgestreckte und gespreizte Finger sind ein Zeichen des Erstaunens, der Bewunderung und Überraschung. Zugleich damit weite man den Brustkorb, um eine Idee, die Staunen hervorruft, in sich aufzunehmen.

Diese Beobachtungen habe ich ihm Theater gesammelt. Mir ist nicht bekannt, ob sie an irgendeinen Ort schriftlich niedergelegt sind.

Reflexionen und Anekdoten

Wer ist der Vater des Ruhms? Das Genie. Wer ist die Mutter des Ruhms? Die Einsamkeit.

Für die Seele, von der die Leidenschaften Besitz ergriffen haben, gibt es nichts anderes mehr als den Ruhm.

Der Verstand sieht nur die Ähnlichkeiten; Urteilskraft und Genie sehen die Unterschiede. Das liegt daran, daß sich die Gegenstände in den gröbsten Hinsichten ähneln, während sie sich in den feinsten unterscheiden.

Man hat den Zufall treffend als den unmerklichen Gang der Dinge definiert. Es gibt keinen Zufall. Aber wir nennen es so, wenn wir den Grund nicht erkennen.

Locke sagt sehr treffend, die Zeit sei nichts weiter als die Aufeinanderfolge unserer Gedanken.

Wer auf die Wörter achthaben wollte, würde oft in einem einzigen viele Vorstellungen finden: «Ich erhole mich», heißt für den gemeinen Mann nichts anderes als Ball spielen oder Karten spielen. Der Philosoph hingegen sieht darin eine «zweite Schöpfung», kraft deren man sich selbst aus dem Nichts herauszieht.

Turgot hatte alle seine Vorstellungen zu einer systematischen Kette verbunden und jede Sache mit einer anderen verknüpft. Das kann sehr nützlich sein. Aber dazu müßte man bei Bedarf ein Glied aus der Kette lösen können, ohne die ganze Kette nachzuziehen.

Jede richtige Schlußfolgerung ist eine Entdeckung. Ich habe erlebt, wie einfache Schlußfolgerungen, die jedes rednerischen Schmucks entbehrten, mit Beifall bedacht wurden, da sie durch ihre Richtigkeit Erstaunen hervorriefen.

Der Schmerz hat zweifellos seine Reize, und das ist ein Glück für den Menschen, der fast ausschließlich zum Elend verdammt ist. Bevor einem aber das Herz weich wird, muß man Vorkehrungen dafür treffen, andernfalls fließen die Tränen nicht, wie bewegend der Anlaß auch sein mag, und was die wirkliche Asche einem nicht zu entreißen vermochte, werden Urnen in Empfang nehmen, die ohne Schmerzen, aber nicht ohne Kunst sind. Ein Beispiel dafür habe ich vor Augen. In Falaise verteilte Monsieur de Tourny auf verschiedene Teile seines Gartens die Gräber seines Vaters, seiner Tochter, seiner Freundin und einer Mumie. Können Sie sich vorstellen, daß von allen die Mumie am besten begraben ist? Sie liegt im Innern einer dunklen Gruft, zu der dreißig Stufen hinabführen, während Vater, Tochter, Freundin mitten aufs Feld gebracht wurden, wie Rüben. Und so sehr auch die Inschriften: «Dem Andenken meiner Gemahlin, meines Vaters, meiner Tochter...», Anteilnahme weckten, beweint habe ich einzig die Mumie.

Die meisten Menschen, die Bücher verfaßt haben, haben sie nur geschrieben, um sich selbst zu erforschen. Das ist vielleicht eine der Ursachen dafür, daß es so viele schwache Bücher gibt.

Es gibt zwei Arten des entschlossenen Charakters: den, der angreift, und den, der Widerstand leistet.

Man muß seinen Ehrgeiz in große Entfernung von sich bringen; man muß ihn in der Zukunft verankern, in einer Ferne, in der die Menschen ihn nicht erreichen können.

Es gibt zwei Arten von Genie. Das Genie des Geistes schafft Beziehungen, das Genie des Talents schafft Ausdruck; Corneille hat das erstere, Racine das letztere.

Franklin ist in diesem Jahrhundert der Mann mit dem ungewöhnlichsten Schicksal. Gleichermaßen groß und gleichermaßen schöpferisch in den beiden Gattungen, in der Natur wie in der Gesellschaft; Zeuge der Elektrizität und Zeuge der Freiheit in Amerika. Mit der Weite und der Feinheit seines Verstandes vollbrachte er, was die anderen mit ihrer Begeisterung bewirkten. Er beobachtete alles, entdeckte ohne Unterlaß. Ich habe gehört, daß sogar sein Haus mit seinen Entdeckungen vollgestopft war. Ein ruhiger, bedächtiger, humaner, einfacher Mann, ein unabhängiger Kopf, gelobte er eines schönen Tages, nur solches gelten lassen zu wollen, was er vor sich sähe und genau angeschaut hätte. Er glaubte, daß der Mensch ganz allein für seine Gesundheit sorgen könne. Zustimmend pflegte er Salomon zu zitieren: «Der Weise trägt seine vielen Jahre in seiner Hand...». In allem spielt der Zufall eine geringere Rolle, als man glauben möchte.

Ein großes Talent beruht immer auf viel Verstand.

Die Liebe entsteht, wie mir scheint, allein aus der Physiognomie und den Manieren.

Männer, die durch ihren Charakter oder ihre Begabung groß sind, leben allein. Es verlangt sie danach, und sie finden Gefallen daran. Anderen Menschen teilen sie sich nur durch ihre öffentlichen und feierlichen Handlungen mit.

Es kommt mir vor, als sähe ich auf einem Dach viele Menschen: Die einen fallen, und die anderen gleiten hinab. Das Leben ist nicht anders.

In den Werken des Geistes ist Scharfsinn ein großes Verdienst: Bei den Alten, wo alles neu war, wirkte er auf die natürlichsten Gefühle ein. Bei den Modernen, deren Instrumentarium durchgebildet ist, muß er auf die feinsten und indirektesten Empfindungen wirken. Es kommt mir sehr viel schwerer vor, ein Moderner zu sein als ein Mensch der Antike.

Wie viele Menschen sind nicht ein Beweis dafür, daß man sogar mit viel Geist mittelmäßig sein kann. Das liegt daran, daß Größe und Überlegenheit ihren Sitz im Herzen haben.

Ein guter Anfang ist wichtig. Die Menschen urteilen immer nach dem ersten Eindruck, und ihre weiteren Urteile sind nur Wiederholungen des ersten.

Es gibt zwei Arten des philosophischen Geistes, die eine verallgemeinert, und die andere beobachtet. Letztere ist viel kostbarer und seltener.

Für die Menschen, die mit ein wenig Talent geboren sind, gibt es nur zwei Arten von Büchern, die sie lesen müssen: jene, die zu denken geben, und jene, die Tatsachen enthalten.

Diderot sprach eines Tages zu Voltaire begeistert über Shakespeare. Ach, Monsieur, sagte Voltaire zu ihm, wie können Sie einem Vergil, einem Racine ein Monstrum ohne Geschmack vorziehen? Das wäre doch so, als wollte man den Apollon von Belvedere für den heiligen Christophorus von Notre-Dâme hingeben. Entgeistert schwieg Diderot einen Augenblick lang, doch dann antwortete er: Was aber würden Sie sagen, wenn Sie diesen kolossalen Christophorus mit seinen mächtigen Beinen und seiner riesenhaften Gestalt durch die Straße schreiten sähen? Von diesem eindrucksvollen Bild war nun Voltaire seinerseits überwältigt.

Eines Tages war ich mit sechs Literaten zusammen. Die Frage wurde aufgeworfen, welches das schönste Stück Prosa sei. Ich schlug vor, jeder sollte seine Ansicht verborgen auf einen Zettel schreiben. Wie staunten wir dann aber, als wir sahen, daß wir Adam und Eva in Miltons «Irdischem Paradies» übereinstimmend den ersten Rang zugesprochen hatten.

Die Gefühle bringen den aktiven Mut hervor, Philosophie den passiven.

Das Talent braucht heute Charakter, um neuen Glanz zu erhalten.

Tacitus ist zugleich fein und kraftvoll, von grenzenlosem Scharfsinn und einer ebensolchen Energie. Außerdem hat man das Gefühl, daß er sich zurückhält und von dem, was er zeigt, stets die Hälfte verbirgt. Er sagt alles, obwohl er unter den Augen des Löwen schreibt. Er beherrscht die Kunst, nicht so sehr anzuklagen, als Verdacht zu wecken. Er ist ein Mensch, der einem etwas ins Ohr flüstert, einen erschreckt und lockt, da er eine Art von Vergnügen daran findet, Angst zu haben. Er teilt seine Gedanken wie unter dem Mantel mit. Manchmal sind sie unendlich, weil sie unfertig sind. Sie gleichen den Ruinen, deren aufrecht stehende Teile von den Reisenden bestaunt werden, während drei Viertel sich unter der Erde verbergen.

Ich bin gerne mit Menschen zusammen, die große Werke entworfen und vollendet haben. Man fühlt sich gestärkt, wenn man in die Nähe großer Geduld kommt.

Die Bonmots, die wahren Bonmots entspringen eher dem Charakter als dem Geist. So alle Worte der Alten.

Die Kaiserin von Rußland wurde gefragt: Wie haben Sie soviel Ordnung in Ihre Finanzen bringen können? – Indem ich die Tage gezählt habe, antwortete sie. Alexander gab dieselbe Antwort, als er gefragt wurde: Wie ist es möglich, daß Ihr in so jungem Alter so viele und große Dinge vollbracht habt? – Indem ich nichts auf den nächsten Tag verschob. Durch dieselbe Eigenschaft wird auch Caesar von Lukan charakterisiert:

Nil actum reputans, si quid superesset agendum.

Nichts galt ihm als getan, solange noch etwas zu tun blieb.

Die mittelmäßigen Schriftsteller teilen ihre Vorstellungen mit, aber drücken sie nicht aus.

In den Städten verliert man sich; auf dem Lande läßt man sich gehen. Es ist gut, wenn man sich gelegentlich dorthin begibt, um sich wiederzufinden.

Nachwort von Henning Ritter

1.
Vor dem Sturm

In ihren 1835 erschienenen Memoiren schildert Elisabeth Vigée-Lebrun irrlichternde Ereignisse, die sich zu Vorwarnungen des Kommenden summieren. Die Malerin, die die Königin oft porträtiert hat, verstand die Zeichen zu deuten und verließ das Land rechtzeitig, in das sie erst 1802 zurückkehrte. Im Jahre 1788, so berichtet sie, hätten die Bauern nicht mehr nur aufrührerisch geblickt, sondern mit ihren Stöcken gedroht, wenn eine Kutsche vorbeikam, und manchmal seien sie sogar aufs Trittbrett gesprungen und hätten gebrüllt: «Nächstes Jahr werdet ihr hinter euren Karossen hinterherlaufen, und wir werden darin sitzen.» Solche archaischen Phantasien einer Verkehrung des Oben und Unten, wodurch bloß die Sitzordnung verändert wird, während im übrigen alles beim alten bleibt, sind Vordeutungen auf das Kommende. Einmal nur oben sitzen, der Traum der Machtlosen.

Der Engländer Arthur Young, der in den achtziger Jahren durch Frankreich reiste, hat in einem Tagebuch Beobachtungen aufgezeichnet, die eine immer heftiger werdende Gärung belegen, «une grande fermentation», die Freiheitshefe, die seit der amerikanischen Revolution aufgegangen war. Gehört auch die «Theorie des Ehrgeizes» zu den Symptomen der Gärung? Im Jahre 1788 hat der achtundzwanzigjährige Hérault de Séchelles die schmale Broschüre als Privatdruck und unter dem Titel «Codicille politique et pratique d'un jeune habitant d'Epône» drucken lassen. Der Bewohner des Schlosses Epône war er selbst, und das Ganze war auch wohl nichts anderes als ein Selbstporträt, ein ironisches Vermächtnis oder der Zusatz zu einem solchen, wie der Titel sagen will. Etwas Ungehöriges, mit der Stellung des jungen Generalstaatsanwaltes Unvereinbares muß sich rasch mitgeteilt haben. Die wenigen Exemplare waren kaum ein paar Tage unterwegs zu ihren Adressaten, als auch schon die Familie intervenierte und alle noch erreichbaren Stücke einstampfen ließ. Kein einziges Exemplar hat sich bis heute erhalten, vielleicht überlebte nur ein einziges dieses Autodafé. Es wurde der Neuausgabe zugrunde gelegt, die im Jahre 1802 erschien, herausgegeben von Jacques-Barthélemy Salgues und unter dem Titel «Théorie de l'ambition», der eine Wendung aus dem Vorwort aufgriff.

Als «Theorie des Ehrgeizes» hat das Buch später eine gewisse Berühmtheit erreicht. Aber was war es in diesem Augenblick? Ist es eines jener Werke, die es immer vor umwälzenden Ereignissen gibt und in denen diese sich ankündigen, indem eine hergebrachte Übereinkunft sich lockert? Ins Auge springt sofort, wie jede Aussage einen kleinen Hof um sich bildet und jeder Abschnitt durch eine römische Ziffer in seiner Bedeutung ungemein gehoben wird – als sollte alles in Marmor gemeißelt sein. Durch das Unscheinbare mancher Sätze, durch das Mikrologische mancher Beobachtung wird dieser Eindruck eher noch verstärkt. Das Apodiktische des Vortrags widerstreitet dem Subtilen und Ungreifbaren mancher Überlegung. In all dem waltet offenbar Ironie.

Das Büchlein will eine Verhaltenslehre geben, wie man es nicht nur zu etwas bringen, sondern geradezu ein Genie werden könne. Das Ziel der Übung schließt eine gewisse Geheimhaltung ein. Denn solche Lehren verbreitet man nicht auf dem Markt. Sie können nur für einen ausgewählten Kreis bestimmt sein. So war es gewiß auch gedacht, als der Verfasser seine Anweisungen drucken ließ. Sah man allerdings das Buch selbst als einen Teil dessen, was es lehrte, also als eine Demonstration von Überlegenheit, so konnte es nur für einen einzigen gedacht sein: den Autor selbst. Der machte nun auch ausgiebigen Gebrauch von der Möglichkeit, sich als überlegenen Kopf und unüberwindlichen Taktiker hinzustellen. So etwas kann man nur schreiben, wenn man über beachtliche Sicherheiten verfügt und aus dem Vollen schöpft, wie es der junge Autor tat, dessen Reichtümer vielleicht nicht so groß waren, wie die Gerüchte es behaupteten, aber doch groß genug, um sich die Gesellschaft selbst auszudenken und zu schaffen, in welcher er sich bewegen wollte.

Die «Theorie des Ehrgeizes» hat in der Tat etwas Widersprüchliches darin, daß sie ernstlich nach Wegen zum Erfolg zu suchen scheint, in Wahrheit aber mit jedem Satz demonstriert, daß das Ziel längst erreicht ist. Der junge Autor, der aus so reicher Erfahrung über Bücher, Lektüren und Menschen schreibt, wie es nur einer tun kann, der über reiche Sammlungen von all dem gebietet, ist unübersehbar von altem Herkommen, verfügt über eine von Generationen erworbene Verhaltenssicherheit. So denkt kein bürgerlicher Kopf, hier schöpft ein Aristokrat aus dem Vollen seiner Apanagen und Sicherheiten. Das Wort Ehrgeiz hat etwas Unpassendes, es gehört nicht in diese Welt. Man wird auch leicht gewahr, daß es mit den Zielen des Ehrgeizes, der hier gepredigt wird, nicht allzu weit her sein kann. Nicht nur ist alles schon erreicht, es gibt überhaupt keine praktischen Ziele. Es sind allenfalls Chancen in einem Spiel. Beziehungslosigkeit zu jeder konkreten Situation spricht aus diesen Blättern, von denen man nicht leicht zu sagen vermöchte, woher sie dem Leser denn eigentlich zugeflogen sind. Nicht zu überhören ist ein leises Beben, vielleicht nur ein Zittern, das alles in Unruhe zu versetzen scheint, obwohl es in die Sprache vollkommener klassischer Ruhe gefaßt ist. Dabei ist es nicht viel, was das Büchlein an Durchblicken auf die Wirklichkeit bietet. Man bemerkt eine hochkultivierte Aufmerksamkeit, die der Autor vorzüglich auf sich selbst richtet und die ihre Befriedigung in Konversation, Lektüre, Bildung und Sammeltrieb findet. Jenseits dessen werden nur Schemen einer Gesellschaft sichtbar. Sie lassen nicht zufällig an eine Bühne denken, auf der sich ein nicht enden wollender Wettstreit um Prestige, Einfluß, Macht abspielt. Die Entwurzelung, welche die Revolution bewirken sollte, scheint hier schon vollzogen. Das Schicksal der Gesellschaft des Ancien Régime wird vorweggenommen, indem sie sich ganz in ein Formenspiel aufgelöst hat, bevor sie in der Wirklichkeit zerfällt. Nicht zu übersehen an der «Theorie des Ehrgeizes» ist das Nichtfestgelegte, das existenziell Spielerhafte. Alles, was man ist, was man mitbringt, so scheint es diese Kunstlehre der Selbstbehauptung sagen zu wollen, ist als Spielmarke nach einem vom Ehrgeiz diktierten Lebensplan zu setzen. Alles steht zur Disposition. Sogar die geistige Erbschaft wird auf den Schauplatz der Selbstbehauptung gezogen, auf dem kühle Diagnostik und Selbstbewußtsein alles entscheiden.

Freilich ist dies nicht nur das Selbstbewußtsein von Mächtigen aus alten Quellen ihres Herkommens und ihrer Kunst der Menschenbeherrschung, sondern es meldet sich darin auch schon das neue Selbstbewußtsein einer Literatenwelt, der «république des lettres», einer aufstrebenden Schicht, die in Hérault de Séchelles den Angehörigen einer absteigenden Schicht auf ihre Seite gezogen hat. Vielleicht hängt es mit dieser Umpflanzung aus einer noch herrschenden, aber nicht mehr ihrer selbst sicheren in eine noch nicht herrschende, aber ihrer selbst schon uneingeschränkt sichere Schicht, also mit einer zweifachen

Entwurzelung zusammen, daß der Autor sich kunstreiche Methoden zur Herabsetzung der Mitlebenden ausdenkt, ein Lehrbuch des Mobbing. Es werden Funktionen der Herabwürdigung formuliert, in welche die konkreten Namen für die Unbekannten erst eingesetzt werden, wenn es so weit ist. Die Präzision des invektivischen Schemas ist wichtiger als seine Ausfüllung. Der Leser glaubt, Zeuge zu werden, wie einer die Klinge schärft: Es sieht beschaulich und spielerisch aus, aber er ahnt, daß es ernst wird; ein Spiel, das zwischen Spiel und Ernst nicht mehr zu unterscheiden erlaubt. Trotz aller Kultiviertheit des Umfelds und des Umgangs zeigt sich ein Zug von Inhumanität darin, daß einseitig nur vom eigenen Ich her gerechnet und abgerechnet, in immer neuen ichhaften Impulsen eine gleichgültige Objektwelt aufgebaut wird. Auch darin liegt etwas von einem Vorzeichen. Ernst Jünger hat im September 1945 in sein Tagebuch notiert, daß «jeder großen Niedermetzelung» eine Literatur vorausgehe, die sich mit der Nichtswürdigkeit des Gegners befaßt: «Er wird zunächst des Ansehens entkleidet, sodann der Existenz.»

2.
Immoralistik

Wie Blitzschläge sind an einigen Stellen der «Theorie des Ehrgeizes» Aussagen eingefügt, die zu ihrer Umgebung nicht recht passen wollen. Eine bisher nicht vernommene Stimme macht sich bemerkbar, die eine verzweifelte Melancholie anzeigt: «Welchen klugen Plan auch immer man entwerfen und an welchem Ort man sich auch verbergen mag, unausbleiblich wird man vom Wahnsinn erfaßt, von der Meinung der anderen befleckt, von der rohen Gewalt getroffen, von der List umgarnt, vom

Neid angeschwärzt...» Die Litanei der Unmöglichkeit eines Lebens im Guten legt sich als ein Schatten auf all die frohgemuten Ratschläge, die der Autor für das glückliche Fortkommen zu geben scheint. Es spricht hier ein Melancholiker. Er gibt sich auch daran zu erkennen, daß er sehr genau zwischen den zwei Stimmungen, zwischen Jubel und Jammer, unterscheidet. Diese Gespaltenheit allgemein voraussetzend, rät der Autor, die Erträge der einen Stimmung in der anderen Stimmung zu prüfen. Was in der einen gefalle, müsse sich allererst vor der gegenstrebigen bewähren. Das Gesellschaftsbild dieses Autors bleibt merkwürdig an die theoretischen Vorgaben gebunden, deren er sich bedient. Nirgends vermag die «Theorie des Ehrgeizes» den Eindruck zu erwecken, sie handele von einer wirklichen Gesellschaft und wirklichen Situationen in ihr. Diese Kriegskunst des Zwischenmenschlichen führt nicht in die Gesellschaft hinein, sondern aus ihr hinaus. Wer so sich zu verhalten empfiehlt, will kein gesellschaftliches Wesen im herkömmlichen Sinne sein. Eher erinnert die «Theorie des Ehrgeizes» an Erwägungen über eine Phantasiegesellschaft oder die Begegnung mit Bewohnern von einem anderen Stern.

Künstlichkeit der Beschreibungen ist allerdings auch auf den klassifikatorischen und taxonomischen Denkstil zurückzuführen, der das Opusculum von Hérault de Séchelles charakterisiert. Die kleine Schrift hat ihr Vorbild in der «histoire naturelle», der Naturgeschichte als der exemplarischen wissenschaftlichen Darstellungsform des Jahrhunderts. Der Ehrgeiz, diese Form der Wissenschaft auch für die gesellschaftlichen Phänomene fruchtbar zu machen, war keine Spezialität dieses Autors. Alle Welt bemühte sich darum, die Ordnung der Naturgeschichte auf alles auszudehnen. Es lag im klassifikatorischen Denken selbst begründet, eine Grenzziehung zwischen Natur und Gesellschaft oder Natur und Geschichte nicht anzuerkennen. Dem ordnenden Zugriff konnte sich nichts entziehen, was überhaupt eine Gliederung zuließ. Folgerichtig hatte Linné eine «Taxonomia generalis» schaffen wollen, die in alle konkrete Gebiete von Natur und Gesellschaft die gleichen Gliederungen einführen sollte. An diese Vorstellungen knüpft auch die kleine «Theorie des Ehrgeizes» an. Aber erst nachdem die Revolution durch Napoleon beendet worden ist, treten allenthalben ähnliche Versuche hervor. Madame de Staël beispielsweise veröffentlichte als erstes eine «Théorie des passions», die für die Leidenschaften ein solches Ordnungsverfahren entwickelte. Und unter dem Namen «Ideologie» trat eine Philosophie hervor, die eine allgemeine Ordnungslehre begründete, von der Art, wie sie von Hérault de Séchelles in seiner philosophischen Fingerübung als schon vorhanden vorausgesetzt wird.

In solchem Antizipieren liegt ein Zug von Scharlatanerie. Ihr ist in der «Theorie des Ehrgeizes» ein eigenes Kapitel gewidmet. Die Sprache der Naturgeschichte wird benutzt, um Gedanken, die herkömmlicherweise in der Sprache der Moralistik formuliert wurden, mit dem Prestige der Wissenschaft der Zeit zu versehen. Das Stilideal, zu dem sich der Autor der «Theorie des Ehrgeizes» bekannte, trug den Namen von Buffon, der nicht nur durch seine naturhistorischen Werke einen ungeheuren Ruhm als Sprachkünstler erlangt, sondern durch seine «Abhandlung über den Stil» auch noch zu dessen Begründung beigetragen hatte. «Von diesem großen, diesem erhabenen, aber einfachen Stil, der alles verallgemeinert, der eine Vielfalt von Beziehungen entdeckt und an dem man nicht ein einziges Wort abändern oder an eine andere Stelle setzen kann, nähre ich mich», preist Hérault de Séchelles die Verdienste Buffons. So schloß sich die «Theorie des Ehrgeizes», trotz ihres aphoristischen Aussehens, an die große

Form der Naturgeschichte an und nicht an die Tradition der Moralistik. Sie wurde in Séchelles nächster Umgebung durch Chamfort fortgeführt, der ihr die Eiseskälte der Reflexion mitteilte. Was die Moralistik auszeichnete, war das Gegenteil des von Hérault de Séchelles Erstrebten, nämlich durch Takt des Gedankens und moralisches Augenmaß von dem irreführenden Vorbild der Wissenschaften befreien. In der Verkennung dieses Unterschiedes liegt die Scharlatanerie der «Theorie des Ehrgeizes», die ihre inhaltliche Entsprechung in dem Willen findet, sich unter allen Umständen und gegen jedermann unbedingt behaupten und obsiegen zu wollen.

3.
Die Generation von 1789

Marie-Jean Hérault de Séchelles wurde am 20. Oktober 1759 in Paris geboren und in Saint-Sulpice getauft. Sein Vater war zwei Monate vor seiner Geburt an den Folgen einer in der Schlacht von Minden erhaltenen Verletzung gestorben. Die Familie Hérault stammte aus Avranche und bekleidete seit einem Jahrhundert ehrenvolle Posten in Armee und Verwaltung. Der Großvater René Hérault hatte den Ruhm seines Namens durch den Eifer begründet, mit dem er sich der Religions- und Geistesfreiheit in den Weg stellte. Voltaire hat ihn deswegen in Epigrammen verhöhnt. Nach einer Familienüberlieferung soll der Vater von Hérault de Séchelles in Wahrheit der Marschall de Contade gewesen sein, auf dessen Schloß Montgeoffroy im Anjou der Marie-Jean aufgewachsen ist, als «enfant gâté» des Ancien Régime.

Er besuchte die Schule der Oratorianer in Juilly. Durch den väterlichen Waffenruhm und die Protektion des Marschalls schien der junge Adlige für die Armee bestimmt und trug mit fünfzehn Jahren schon den Säbel. Hier im Schulmilieu fanden sich schon einige von denen zusammen, die wenige Jahre später in der Revolution Gesinnungsgenossen oder Gegner werden sollten: Alexandre de Beauharnais, de Bonald, Louis de Narbonne und Cloots, der Utopist, der sich in der Revolution den Vornamen Anacharsis gab und als «orateur du genre humain», Redner des Menschengeschlechts, gefeiert wurde. Cloots, Beauharnais und Hérault starben durch die Guillotine, Narbonne mußte als Verdächtiger emigrieren, und Louis-Antoine de Bonald wurde zum Vater des reaktionären Denkens. Im Jahre 1793 formulierte er gegen die von Hérault de Séchelles für die Verfassung entworfene Menschenrechtsdeklaration eine Deklaration der Pflichten des Menschen. Dieser Reihe der Namen, die dann in der Revolution Klang gewinnen sollten, ist noch der des Jugendfreundes und Gefährten Michel Lepeletier de Saint-Fargeau hinzuzufügen, der zum offiziellen Märtyrer der Revolution wurde, vor Marat und wie dieser von Jacques-Louis David als Toter gemalt.

Daß solche Namen sich schon im Schulmilieu zusammenfanden, bestätigt, wie sehr die Französische Revolution im Unterschied zur amerikanischen ein Sache von jüngeren Männern war, die sich gerade erst in der Provinz einen Namen zu machen begannen. Das Musterbeispiel ist der Advokat Robespierre, der sich in den Salons der Provinzstadt langweilte. Viele der Protagonisten der Revolution gehörten zur Generation der um 1760 Geborenen, waren mit der Philosophie und Literatur der Zeit aufgewachsen und beteiligten sich, wie etwa auch Robespierre, an den literarischen Wettbewerben oder Preisaufgaben der Provinzakademien. Sie waren, so hat man frühzeitig diagnostiziert, für die Stellung, die sie in der Gesellschaft einnahmen, zu gut ausgebildet und zu beschlagen. So wird noch in «Rot und Schwarz» die Erklärung für die Revolution lauten, und dementsprechend machte man sich in der Gesellschaft der Restaurationszeit Sorgen, daß aus demselben Grunde ein Robespierre wiedererstehen könnte. Kaum einer der Revolutionäre betrat die Bühne ohne ein eigenes Buch in der Hand. Als die Académie Française eine »Éloge» auf den Abt Suger von Saint-Denis als Thema eines Wettbewerbs ausschrieb, beteiligte sich der neunzehnjährige Séchelles zwar nicht an dem Wettbewerb, schrieb aber seinerseits einen Essay, den er auf eigene Kosten zum Druck brachte (Éloge de M. Suger, abbé de Saint-Denis, ministre d'Etat sous le règne de Louis VI, dit le Gros, et régent du Royaume pendant la croisade de Louis VII, dit le Jeune). Die Preisaufgabe gab dem jungen Mann offenbar willkommene Gelegenheit, die Aristokratie zu schmähen. Er sprach nicht nur von den «schrecklichen Zeiten des Feudalismus, jenem eisernen Zeitalter», sondern beschwor jene «Tage von Unglück und Schmerz», als die Adligen als Räuber ihr Unwesen trieben.

Die Karriere von Hérault de Séchelles vor Ausbruch der Revolution war eine der ungewöhnlichsten. In Paris zum Juristen ausgebildet, debütierte er als Anwalt am Parlament, dem Gerichtshof von Paris, und wurde schon im Dezember 1777 vom König unter Hinweis auf die Verdienste des Vaters zum Anwalt am Châtelet ernannt. Um dies möglich zu machen, hatte man sein Alter mit fünfundzwanzig angegeben. Als «avocat du roi au Châtelet» pflegten die Söhne der großen Familien ihre Laufbahn zu beginnen. Im Falle Hérault de Séchelles dürfte noch die besondere Förderung durch seine Tante, die Gräfin von Polignac, die Vertraute von Marie-Antoinette, dazu beigetragen haben, um seinen Weg nach oben zu beschleunigen. Am 27. Juli 1785 hielt er seine letzte Rede als Advokat des Königs, nachdem er, noch nicht dreißig Jahre alt, zum Generalstaatsanwalt des Parlaments ernannt worden war. Camille Desmoulins wird später daran erinnern, daß die «Gemahlin des Königs dem jungen und schönen Séchelles die Schärpe gereicht» habe, die er bei seiner Amtseinführung trug; manche behaupteten sogar, sie habe sie selbst gestickt.

Von der feierlichen Einsetzungszeremonie berichtete die Gerichtszeitung «Gazette des Tribunaux», Héraults Rede sei angefüllt gewesen mit «jenen Formen und Schönheiten, welche die Redner der antiken Republiken auszeichneten», und er habe darüber hinaus einen besonderen «Enthusiasmus» spüren lassen. Garat, ein erfolgreicher Elogenschreiber, beobachtete im «Journal de Paris», die «orgueilleuse timidité», die stolze Schüchternheit des Redners Séchelles, so als hätte sich dieser erfolgreich an eines der Rezepte seiner «Theorie des Ehrgeizes» gehalten. Wenige Jahre später ließ er dieses antike Pathos der Idee der Republik zugute kommen. Sein Biograph Émile Dard merkt an, daß Séchelles familiärer Hintergrund und die Förderung durch das Königshaus nichts anderes bedeuten konnte, als sofort bei Ausbruch der Revolution den Weg der Emigration zu wählen.

4. Der Stimmenimitator

Wie selbstverständlich scheinen für die Generation, der auch Hérault de Séchelles angehörte und die bei der Neuen Philosophie in die Schule gegangen war, die Lehren aufgegangen zu sein, die seit der Jahrhundertmitte gepredigt wurden. Mit völliger Selbstverständlichkeit ist der junge Séchelles Atheist, und mit souveräner Sicherheit gebietet er offenbar über ausreichende Ersatztröstungen. An keiner Stelle der «Theorie des Ehrgeizes» wird ein Zweifel an der reinen Diesseitigkeit erkennbar. Die Gesellschaft ist alles, und ihre Zukunft ist nichts anderes als ein Nachbild der Gegenwart. An die Stelle religiösen Heils ist der Nachruhm getreten, und der Ruhm zu Lebzeiten wird als ein Unterpfand der Erlösung in der Nachwelt angesehen. Nichts konnte dem gegenwärtigen Erleben mehr Intensität verleihen als diese Zukunftssicherheit, die der Ruhm versprach. In der Bezogenheit auf den Ruhm und in dem Ehrgeiz, ihn zu erlangen, fallen Gegenwart und Zukunft zusammen. Das mag es gewesen sein, was dem Leben im Ancien Régime jene Süße verliehen hat, von der in Talleyrands berühmtem Wort die Rede ist. Eine solche Insel uneingeschränkten Wohllebens dürfte auch der zehn Meilen von Paris gelegene Landsitz von Hérault de Séchelles gewesen sein. Über das Leben dort hat er selbst gesagt: «Alles dort soll Lust atmen.» Über die Geselligkeit in Schloß Epône gibt es Aufzeichnungen aus dem Jahr 1788, in denen das blanke Entsetzen aufscheint. Man war hier offenbar ohne jede Zurückhaltung Atheist, hier traf sich eine Gesellschaft, die die Lehren der materialistischen Philosophie mit der Muttermilch aufgenommen hatte, die durch nichts zu schockieren war, aber schockieren mußte, wann immer sie ihre Selbstverständlichkeiten auslebte. Der Augenzeuge Nicolas Bellart berichtet beispielsweise, wie beim Abendessen und danach unbefangen die gewagtesten und heikelsten Behauptungen aufgestellt wurden: «Ich hörte Sätze, die mir die Haare zu Berge stehen ließen. Gott, Religion, der Respekt vor dem Vater, alles wurde mit einem Zynismus und einer Freiheit des Ausdrucks in Frage gestellt, die dazu führten, daß ich mich mehr als einmal in den Arm kniff, um mich zu vergewissern, ob ich nicht träumte, sondern wirklich bei einem der höchsten Beamten Frankreichs zu Gast war.» Seinem Gastgeber scheint er nicht verborgen zu haben, welchen Eindruck dieses Treiben auf ihn machte. Offenbar hat er ihm direkt ins Gesicht gesagt, er halte ihn für einen «Materialisten höchsten Grades», worauf er die Antwort erhielt: «Machen Sie sich keine Sorgen. Auch wenn ich Materialist bin, werde ich mich nichtsdestoweniger damit abgeben, Ihnen zu Diensten zu sein.»

Kaum etwas war in der Welt, in die Hérault de Séchelles gehörte, so unbefragt gültig wie Ruhm und Nachruhm. Daß es sich um einen säkularisierten Jenseitsglauben handelt, zeigt sich an dem Berühmtheitskult, der seine eigenen Rituale ausbildete. Bei Hérault de Séchelles äußerte sich dieser Kult nicht nur in der herkömmlichen Weise der literarischen Verehrung und Idolatrie, sondern schloß sich auch der handgreiflicheren, ihrer Reiseform an, die die Nähe des Verehrten begehrte. Offenbar hat sich der nicht einmal achtzehnjährige Bewunderer von Rousseau (der 1778 starb) auf die Suche nach dem nahezu Vergessenen begeben, der irgendwo in Paris als Notenkopist sein Leben fristete. Hérault hat ihn wohl beobachtet, belauscht, vielleicht sogar mit ihm gesprochen, um die im Gespräch gemachten Beobachtungen in die Sammlung von Beobachtungen zum Sprechstil berühmter Zeitgenossen aufzunehmen. Jedenfalls enthalten die später zusammengestellten Aufzeichnungen auch eine knappe Charakterisierung Rousseaus: «Rousseau sprach manchmal mit Wärme. Es war nicht die Wärme des von innen ausgehenden Leuchtens, sondern eine konzentrierte Wärme, die auch seine Glieder belebte.» Und gleich darauf folgen Bemerkungen über Diderot, der «in einem sanften und klaren Ton» gesprochen habe, wenn er bloß gewöhnliche oder belanglose Dinge zu sagen hatte. Diderot, merkt Hérault de Séchelles an, habe besonders durch das gesprochene Wort gewirkt, seine Konversation sei wertvoller gewesen als seine Bücher. In diese Sammlung von Arten des Gesprächs hat Hérault de Séchelles sogar das Schweigen aufgenommen. Er habe «das Schweigen des berühmten Franklin» bewundert, offenbar aus Anlaß der Zeremonie der Pantheonisierung Voltaires, bei der auch Franklin zugegen war. In einer Vorbemerkung über die Eigenart dieser Aufzeichnungen erklärte ihr Autor, er habe in der großen Welt eine Reihe von berühmten Leuten getroffen, die sich alle durch in ihrer Konversation merkliche Verschiedenheiten ihres Geistes ausgezeichnet hätten. Da er schon in jungen Jahren in diese Welt eingetreten sei, habe er viel beobachtet und sich lange Zeit mit der Rolle des Zuhörers beschieden.

In dieser kleinen Stimmensammlung bekundet sich eine Eigenart der aristokratischen Kultur. Nach ihren Möglichkeiten hält sie sich frei von allem, was Arbeit war, und setzt an deren Stelle ein Ideal der Beschäftigung, an dem später, nach dem Untergang der aristokratischen Welt, der bürgerliche Dilettant noch festhalten wird. Dem Ideal der Beschäftigung wird Genüge getan durch ein spielerisches In-Gebrauch-Nehmen, das es weder auf Nutzen noch auf eindringendes Erkennen abgesehen hat. So besteht die «Theorie des Ehrgeizes» aus Aufzeichnungen, die einen Nutzen nur vorgeben, in Wirklichkeit aber zu nichts «dienen» wollen, Aufzeichnungen über nichts. Das macht ihren Unernst aus. Aber auch ihren Radikalismus. Hinter der Maske des Scherzhaften verbirgt sich ein ernster aristokratischer Snobismus, eine Vorform des Dandytums. Man betrachtet, charakterisiert, ordnet, aber eigentlich hat man es auf Resultate nicht abgesehen. Das gelehrte Gewand naturgeschichtlicher Erkenntnisweisen, das Hérault de Séchelles seinen Liebhabereien überwirft, verspricht mehr, als der Autor halten kann. Statt greifbarer Resultate stellt der Eindruck von Ironie sich ein, von Spott, von Überlegenheit, die sich nicht in die Karten schauen läßt, von «désinvolture». Der Leser wird zum Zuschauer einer souveränen Geste, die ihn aber zugleich zum Düpierten macht. Die Kunstgriffe des Erkennens und Verhaltens, die Hérault de Séchelles mit einer schwerelosen Leichtigkeit vorführt, und das Leben auf Schloß Epône, aus dem all dieses hervorwächst, finden ihre nächste Verwandtschaft in Gestalten wie Cagliostro, Mesmer, Lavater, die durch ein Wissen und eine Form faszinieren, denen es aber nicht gelingt, ihre Wunderwerke der Suggestion in der Realität zu verankern. Ähnlich wie deren Kunststücke auf die Zeitgenossen wie ein Genußmittel, eine Droge gar, gewirkt haben, wird auch das geistige Instrumentarium der naturhistorischen Erkenntnis von Hérault de Séchelles wie ein Selbstzweck zelebriert. Seine Darlegungen haben mehr von einem Zeremoniell als von Erkenntnis. Merlin zaubert, und alle Mittel dazu sind ihm unverächtlich.

5.
Stilfragen

Zu Hérault de Séchelles Sammeltätigkeit auf dem Feld der Berühmtheiten gehören auch zwei Reisen, die er in den achtziger Jahren unternommen hat. Für die Sammlung der Berühmtheiten der Zeit durfte einer auf keinen Fall fehlen: Buffon, der berühmteste Gelehrte Frankreichs, das Exempel der Verschmelzung von Wissen und Form. Davon träumte die vorrevolutionäre Epoche: eine Gelehrsamkeit, die zugleich vollkommenes Muster des Stils war. Der Graf von Buffon war diesem Ideal nahegekommen, vor allem hatte er es programmatisch formuliert in seiner Abhandlung über den Stil. Von diesem Rokokotraum einer neuen Wissenschaft ist wenig mehr in Erinnerung geblieben als der Satz «Le style, c'est l'homme même». Hérault de Séchelles Besuch bei Buffon war nun nicht nur eine Hommage an diesen Gedanken, sondern auch ein Musterbeispiel für die Zweideutigkeiten des Berühmtheitskults. Einerseits gehört zu ihm die rückhaltlose, keine Schmeichelei scheuende Verehrung mit all ihren Zudringlichkeiten, wie man sie etwa von Boswells Besuchen bei Rousseau oder Voltaire kennt, aber andererseits lag in solcher Verehrung auch der Keim einer Ironisierung des Respekts.

Es begann mit einem Brief an den neben Linné in Europa berühmtesten Naturhistoriker, der seinen Ruhm vor allem durch seine Darstellungskunst begründete hatte. Hérault schmeichelte ihm als dem überlegenen «Interpreten der Natur» und nutzte dieses Kompliment zu der Unbescheidenheit, sich selbst als Interpreten der Gesellschaft (interprète de la société) vorzustellen. «Wenn Sie mich nur ein wenig Ihrer Freundschaft würdigen wollten, wenn der Interpret der Natur geruhen würde, seine Gedanken bei Gelegenheit auch dem mitzuteilen, der ein Interpret der Gesellschaft zu werden bestimmt ist, so werde ich diese Augenblicke zu den ruhmreichsten meines Lebens rechnen.» Nach den Darlegungen in der «Theorie des Ehrgeizes» befaßt sich die Naturhistorie mit den Individuen. Jene Disziplin also, als deren Vertreter sich Hérault de Séchelles Buffon gegenüber einführt, müßte demnach den Menschen als Gemeinschaftswesen behandeln. Wie es in der «Theorie des Ehrgeizes» heißt, galt es dabei, die «bürgerlichen, häuslichen, politischen Verhältnisse» zu klassifizieren und den Bürger in Relation zu allem zu setzen, was ihn «zu den verschiedenen Tageszeiten, Jahreszeiten, Lebensabschnitten» umgab. Demnach war die Naturgeschichte des geselligen Lebewesens eine Lehre vom Tagesablauf, die zum Lebensabschnitt, zum gesamten Leben und schließlich zum Leben der Gattung erweitert wurde, zur Zivilisationsgeschichte. Wenn es in der «Theorie des Ehrgeizes» heißt (Erstes Kapitel, VII), daß die über die gesamte Erde verstreuten menschlichen Individuen nichts anderes seien als Bruchstücke des Bildes vom Menschen, das noch darauf warte, zusammengefügt zu werden, so war dies die Vision dessen, was später das «Gattungswesen» heißen sollte. Der Mensch, der aus diesen verstreuten Teilen sein Bild zusammenfügte, erkannte sich als Gattungswesen. Seinen Besuch bei Buffon hat Hérault in einer kleinen Broschüre geschildert, die 1786 unter dem Titel «Visite à Buffon» anonym erschien und später als «Voyage à Montbard» noch mehrere Neuauflagen erlebt hat (1801, 1829, 1890), darin enthalten war auch eine «Parallèle de Jean-Jacques Rousseau et de M. de Buffon». Der greise Buffon soll von diesen Schilderungen zutiefst verstört gewesen sein und seinen Besucher verwünscht haben. Die Publikation hat deshalb auch den Verdacht geweckt, daß der Besuch bei Buffon in Wahrheit gar nicht stattgefunden habe, vielmehr eine Fiktion sei, um den berühmten Gelehrten lächerlich zu machen. Nach dem Zeugnis von Buffons Sohn hat dieser Besuch am 30. Oktober 1785 stattgefunden.

Vier Jahre zuvor war Hérault de Séchelles mit Michel Lepeletier de Saint-Fargeau, dem Gefährten seiner Jugend, in die Schweiz gereist. Das Ziel der Reise war ein Besuch bei Johann Kaspar Lavater, dem berühmten Physiognomiker, dessen Ruf seit Mitte der siebziger Jahre ganz Europa durcheilt hatte. Hérault de Séchelles scheint ihn wie ein Klient aufgesucht zu haben, als Ratsuchender. Ehe er Lavater gegenübertrat, ließ er sich von einem Künstler der Gegend porträtieren. Das Bild eilte ihm voraus, damit er bei seiner Ankunft schon physiognomisch beurteilt wäre. Im Brief, der das Bild begleitete, hieß es: «Seitdem ich das fertige Porträt vor mir habe, muß ich Ihnen mit aller schweizerischer Freimut gestehen, daß der Maler, obwohl ich ziemlich groß und dunkel bin, all dies noch geschönt hat. So jedenfalls lautet das Urteil mehrerer Betrachter. Ich bitte nur, es dem Künstler nicht zu sagen, da es ihn verletzen könnte.» Das Einvernehmen zwischen Lavater und seinem jungen Besucher scheint ungewöhnlich groß gewesen zu sein, vereinbarten sie doch eine geheime Korrespondenz, in der sie sich über den Gang der Dinge in Frankreich austauschen wollten. Woher das Vertrauen rührte, das beide verband, bleibt unklar. Es gibt allerdings so etwas wie ein physiognomisches Urvertrauen, das auch zwischen Lavater und Goethe herrschte, bis es zum Bruch kam. Die Eintragung, die Séchelles bei seinem Abschied in Lavaters Gästebuch hinterließ, schlägt den enthusiastischen Ton des Freundschaftskultes an, den Lavater zu schaffen wußte: «Ich habe niemals einen Menschen getroffen, der mich mehr zum Träumen gebracht hat und der mir in unzähligen Hinsichten der Vollkommenheit nahe zu kommen scheint. Ich hätte ihm gerne mein Herz geschenkt ... Unsterbliche Erinnerung wird ihn unaufhörlich in meinem Gedächtnis bewahren. Ich bewundere ihn ... und ich reise ab! Warum nur habe ich ihn kennengelernt?»

6.
Alles bebt

Im Vorwort zur «Theorie des Ehrgeizes» ist von einem Freund die Rede, mit dem der Autor das Vergnügen an der «kleinen Theorie des Ehrgeizes» geteilt habe. Wer dieser Freund sein könnte, läßt sich erraten. Im Leben Hérault de Séchelles taucht gelegentlich ein Name auf, der offenbar nur in seiner Nähe Gestalt gewinnt, ein

Sonderling der vorrevolutionären Zeit, Autor merkwürdiger und heute so gut wie vergessener Bücher, ein Scharlatan – Antoine de Lasalle (1754 bis 1829), von dem das Gerücht ging, er sei ein unehelicher Sohn eines Grafen von Montmorency und einer polnischen Adligen. Man erzählte von ihm, daß er ein System entwickeln wollte, um so schnell schreiben zu können, wie er dachte, eine Druckseite in der Minute. Annähernd scheint es ihm gelungen zu sein. Denn als er sich 1786 von einer Krankheit erholte, soll er innerhalb eines Monats ein Buch von fünfhundert Seiten geschrieben haben, mit dem charakteristischen Titel: «Le Désordre régulier», die regelmäßige Unordnung. Melchior Grimm bemerkte in seiner «Literarischen Korrespondenz», es handele sich um «amphigouri métaphysique», um metaphysisches Kauderwelsch, während die Zeitschrift «Le Cri de Paris» eine rühmende Besprechung veröffentlichte.

Die Philosopheme Lasalles scheinen dem Baron Grimm recht zu geben. Den dieser Philosoph fand heraus, daß der menschliche Körper ein Saiteninstrument war, als dessen Bogen, um es zum Klingen zu bringen, man die Sonne ansehen könne, und es werde vom Feuer in Gang gesetzt. Das Bild des Bogens von Saiteninstrumenten findet sich mehrfach auch in der «Theorie des Ehrgeizes», wo über die Frauen gesagt wird, sie seien Bogen des Mannes, während Lasalle sie gegenüber dem Mann als eine Art Mond charakterisierte. Und ebenso wie in der «Theorie des Ehrgeizes» wird Seelisches immer in genauer Entsprechung zu Körperlichem gesehen: «Damit die Seele unbeschwert ist, muß der Bauch unbeschwert sein, und das Klistier ist das nützlichste Instrument für den feurigen Philosophen», befindet Lasalle. Aufgrund solcher diätetischen Weisheiten, mit denen die beiden Freunde einander wohl zu übertrumpfen suchten, sah Lassalle sich als das Haupt der »école physico-morale» an. So unbefangen konnte das große Thema der Philosophie der Zeit, das Verhältnis des Physischen und des Moralischen, umgesetzt werden in eine Philosophie, die ungehemmt spekulativ, aber auch unmittelbar praktisch nutzbringend sein wollte.

Hérault unterstützte den Vagabunden, der als Matrose über die Weltmeere gesegelt war, auch materiell. Er finanzierte die Publikation des 1788, im selben Jahr wie die «Theorie des Ehrgeizes», erschienenen Hauptwerkes von Lasalle: «La Balance Naturelle ou Essai sur une loi universelle appliquée aus sciences, arts et métiers et aux moindres détails de la vie commune». Die Widmung an M.H.D.S.A.G. läßt sich unschwer als «Monsieur Hérault de Séchelles, Avocat général» entschlüsseln. Die zwei Bände des Werkes hatte der Autor in zwei Monaten geschrieben. Er hatte sich mit diesem Opus nichts Geringeres vorgenommen, als die «universelle Wahrheit in zwei Silben zu offenbaren». Die gesuchte «Weltformel» mußte einen Anklang an die Mechanik des modernen Weltbildes haben, ein physikalisches Phänomen benennen und zugleich eine seelische Gestimmtheit auf den Begriff bringen, um den Ansprüchen der »école physico-morale» Genüge zu tun.

Die Formel, mit der Antoine de Lasalle diesen Anforderungen genügte, lautete: «Tout vibre», alles bebt, alles schwingt, alles zittert. Das Vibrieren, in dem sich zugleich die Lebensfreude und ihr Nachzittern sowie die ängstliche Ungewißheit einer sich nähernden Unruhe bekunden, scheint ein Vorgefühl kommender Umwälzungen zu artikulieren. «Tout vibre, tout oscille ...», fuhr Lasalle fort, um die Formel in den Hauptgedanken seines «Systems» münden zu lassen: «Tout balance», alles ist im Gleichgewicht. Es schwingt hier ein weiterer Gedanke mit, für den der apokryphe Philosoph des endenden Ancien Régime bekannt geblieben ist: der Gedanke der Kompensation. Wenige Jahre später wird Pierre-Hyacinthe Azais, der als erster ein philosophisches Werk veröffentlichte, das das Prinzip Kompensation behandelte und diesen Begriff auch im Titel führte («Des compensations dans les destinées humaines», Paris 1800, mehrere Auflagen) aus der «Balance naturelle» von Lasalle den Grundsatz zitieren: «Tout est compensé ici bas», alles auf Erden wird kompensiert.

Jede Formel läßt sich als Formelkram und Scharlatanerie abtun. Erst durch konkrete Anschauung kann sich eine derartige Wortfügung in eine echte Prognose verwandeln. Die Wirklichkeit hat dem Scharlatan-Philosophen Lasalle solche konkrete Evidenz zugetragen und seine Intuition vom Vibrieren aller Dinge und Verhältnisse bestätigt. Eine echte prognostische Einsicht erlangte die Formel von Lasalle allerdings erst durch ihren Schluß: «Tout vibre, tout oscille, tout balance, *tout est alternativement vainqueur et vaincu»,* jedermann ist abwechselnd Sieger und Besiegter. Der Kern der revolutionären Erfahrung könnte genauer kaum gefaßt werden: Die Täter werden Opfer, die Opfer Täter. In diesem Rollentausch nimmt das Geschehen zugleich die mythische Qualität eines Kreislaufs der Vergeltung an.

7. Doppelleben

Die politische Biographie von Hérault de Séchelles beginnt am Tag des Sturms auf die Bastille: «Am 14. Juli sind bei der Bastille an meiner Seite zwei Männer getötet worden.» Er hatte sich, obwohl er Generalstaatsanwalt war, unter die erregte Menge gemischt und sich im Zentrum des Geschehens aufgehalten. War er bloßer Zuschauer? Jedenfalls könnte dies der Augenblick gewesen sein, in dem der Adlige Hérault de Séchelles die Seite wechselte. Man muß allerdings bezweifeln, ob er selbst es so deutete. Denn noch Monate später, als es auf seinem Gut zu einer Meuterei gegen seinen Jagdaufseher kam, zeigte er sich als Schloßherr von den Vorgängen in Paris völlig unbeeindruckt. Auf dem Gut des adligen Revolutionärs sollte das Ancien Régime fortbestehen. Lange Zeit scheint Hérault de Séchelles sich, ohne den Konflikt zu spüren, in beiden Welten bewegt zu haben.

Vielleicht geschah es auf Drängen der Familie, vielleicht aus eigener Vorsicht, daß er danach vom Schauplatz Paris verschwand und in der Schweiz umherreiste. In Olten nahm er an dem jährlichen Treffen teil, zu welchem sich Gelehrte, Künstler, Geistliche aus der ganzen Schweiz zusammenfanden. Der Anhänger der Lehre Lavaters folgte dieser Versammlung als physiognomisch geschulter Beobachter, und seine 1791 anonym publizierte Broschüre «Détails sur la Société d'Olten» ist angereichert mit ironischen und spöttischen Schilderungen. «Sie näherten sich mir», heißt es einmal, «und meinten, indem sie mir ihren Pfeifenrauch ins Gesicht bliesen, ganz ernsthaft: ‹Herr Franzose, meine Pfeife ist Ihnen doch nicht unangenehm?›» Aus Genf sind aus dem Sommer 1790 Spitzelberichte bekannt, in denen Hérault de Séchelles als jemand geschildert wird, über den man überall viel Lob höre und der «als großes Genie und guter Redner» gelte. Aber man verdächtigt ihn auch, ein Spion zu sein. Als er nach der Mode der Zeit eine Gebirgstour zum Montblanc unternahm, stand seine Verhaftung offenbar unmittelbar bevor. Im November kehrte er nach Paris zurück.

Am 6. Dezember wurde er zu einem der dreißig Richter an den neugeschaffenen Gerichtshöfen des Departements

Paris gewählt. In der Dankrede an seine Wähler betonte er am 20. Dezember 1790 vor allem die Kontinuität, die Unwandelbarkeit seiner Haltung. Unter der Hülle seines rhetorischen Gepränges war allerdings schwer zu erkennen, wie es politisch um ihn stand. Er sprach von der «Revolution, die alles geändert hat», während er selbst unbewegt derselbe sei, der Gerechtigkeit dienend und den Interessen der Menschlichkeit. Die Niederungen des Interessenkampfes schienen dem Aristokraten ferngerückt, die Menschheit ihm nah. Auch wenn die Loyalität gegenüber dem König noch nicht preisgegeben war, war eine zweite an ihre Seite getreten, die Loyalität gegenüber der Menschheit. Sie mußte sich im Konfliktfall durchsetzen. Die Familie hatte damals offenbar schon begriffen, wie es um den abtrünnigen Sohn stand, sie brach mit ihm und enterbte ihn.

Die Schauplätze, auf denen er sich um die Revolution verdient gemacht hat, lagen nicht in Paris. Als «Kommissar des Königs» in spezieller Mission wurde er zunächst nach Straßburg und ins Elsaß, später nach Savoyen und noch einmal an den Oberrhein entsandt. Besonders in den grenznahen Regionen des oberrheinischen Departements drängten sich die Emigranten und zur Emigration Entschlossenen zusammen. Die gegenrevolutionäre Propaganda hatte es hier von Anfang an leichter durchzudringen. In den Rhein-Departements herrschten bürgerkriegsähnliche Zustände. Die Aufgabe, ihrer Herr zu werden, mußte fast unlösbar scheinen, denn die Kommissare konnten nie vorher wissen, ob sie Unterstützung finden würden. So waren sie auf ihre Überzeugungskraft angewiesen, vor allem aber auf ihre Entschlossenheit, die äußersten Mittel bedenkenlos einzusetzen. Daß de Séchelles eine solche Aufgabe übernahm, muß jeden Zweifel an der Radikalität seines revolutionären Engagements beseitigen. Ob im Auftrag des Königs oder später des Nationalkonvents, ob als administrativer oder «Aktionskommissar», der Versuch, die Ordnung herzustellen und die Grundlagen für revolutionäre Organisationen zu schaffen, war ein blutiges Geschäft. Von Hérault de Séchelles heißt es, er habe die Stellung der in der Minderzahl befindlichen revolutionär Gesinnten durch die Gründung von «societés d'amis de la constitution», von Vereinen von Verfassungsfreunden, zu stärken versucht.

Nach seiner Mission in den Rheinprovinzen wurde Hérault de Séchelles zum «Kommissar des Königs beim neugeschaffenen Kassationsgerichtshof» ernannt. So fand er, nachdem er sich im Elsaß bewährt hatte, den Weg in die neuen Institutionen der Justiz. Vielleicht muß man sich die Revolutionskarriere dieses Aristokraten, der das Gepräge seiner Herkunft nicht verleugnen konnte und sein Pariser Leben unverändert fortsetzte, wie er es vor der Revolution getan hatte, als ein Doppelleben vorstellen: Zeremonienmeister der Revolution auf der einen, ein Volkskommissar im radikal engagierten Sinne auf der anderen Seite, und beide Rollen zusammengehalten durch eine römisch-republikanische Draperie, wie der mit ihm eng verbundene Jacques-Louis David sie allenthalben anbrachte. Zugleich aber ging auch jenes Leben der vorrevolutionären «douceur» unverändert weiter. In seiner Stadtwohnung in der Nähe von Palais-Royal pflegte der «schönste Mann der Revolution» seine Vergnügungen und Liebschaften.

Neu war, daß es immer schwieriger wurde, zwischen Politik und Vergnügen die Balance zu wahren und die absolute Vorherrschaft der Politik aufzuhalten. Man kann sich das Epikureertum, das hier inmitten des dramatischen Geschehens ungestört fortlebte, als eine Art Geheimleben der Französischen Revolution vorstellen. Die Sphäre von

Wohlleben und Unterhaltung, in der Hérault de Séchelles wie ein Zeremonienmeister waltete, hat kaum Spuren hinterlassen. Aus den Anklagen der Schreckenszeit weiß man von Gelagen, Glücksspiel, Prostitution und dunklen Geschäften, doch der Puritanismus des Robespierreschen Regimes hat der Anschauung wenig Raum gewährt. Die Spuren sind allenfalls in Romanen zu entdecken, die während der Restaurationsperiode geschrieben wurden und in denen auch des schönen Hérault de Séchelles gedacht wird. Bezeichnend ist, daß inmitten der Bluturteile der «terreur» das Wort «gastronomie» enstand, das ebenso wie die «Theorie des Ehrgeizes» erst an der Schwelle der napoleonischen Zeit sein offizielles Leben beginnen sollte.

8.
Selbstgefälligkeit und Freiheit

Hellsichtig hat Manon Roland über den Typus geurteilt, den Hérault de Séchelles verkörperte: «Alle diese schönen Jungen scheinen mir armselige Patrioten zu sein. Man hat den Eindruck, daß sie sich selbst zu sehr lieben, um sich nicht den Vorzug vor dem öffentlichen Wohl zu geben, und ich kann der Versuchung nicht widerstehen, ihre Selbstgefälligkeit auf ihr gehöriges Maß zurechtzustutzen, denn ich kann die Verdienste erkennen, auf welche sie ihre Eitelkeit gründen.» Ähnlich urteilte Jules Michelet in seiner «Geschichte der Französischen Revolution», wenn er Hérault de Séchelles «den schönen Mann mit dem leeren Kopf» nannte oder, schärfer noch, als den «schwülstigen Schauspieler» bezeichnete, «der zu Niederträchtigkeiten die Hand reichte». Er warf ihm vor, als Vorsitzender des Nationalkonvents für die Geschehnisse des 2. Juni 1793, die Untätigkeit des Konvents beim

Aufstand der Sansculotten, verantwortlich gewesen zu sein. Ohne es zu wissen, habe er die «Revolution des 2. Juni gemacht», meinte Michelet. Das düstere Porträt, das er zeichnete und in dem Blindheit und Niedertracht sich verbanden, hellte sich freilich seit dem Augenblick auf, als das Ende von Hérault de Séchelles sich abzuzeichnen begann. Bis zu diesen späten Augenblicken oszillierte das Bild zwischen Epikureertum und Politik, zwischen alten Loyalitäten und neuen Bindungen, zwischen dem aristokratischen Habitus des Herausgehobenseins, den er nie ganz abgelegt hat, und dem Pathos der Gleichheit, die er als menschheitliche auffaßte, um ihr die Zudringlichkeit zu nehmen.

Was Schwanken war, malte Hérault de Séchelles sich selbst als Geradlinigkeit. So reagierte er nach der Flucht und Gefangennahme des Königs zunächst aus aristokratischer Loyalität heraus, indem er den Jakobinerklub verließ und sich dem Klub der «Feuillants» anschloß. Doch der gesuchte Kompromiß der Verfassungstreuen, die zwischen der Nationalversammlung und dem König einen Interessenausgleich schaffen wollten, blieb scheinhaft. Hérault de Séchelles allerdings hielt nach der Wiederverpflichtung des Königs auf die Verfassung die Revolution für beendet: «Ein großes Werk ist vollbracht.» Inmitten von Trümmern und Jammern sei das Schiff Frankreichs gebaut worden und es werde den Stürmen trotzen, die sich in der Ferne schon ankündigten. Illusion eines Augenblicks der Windstille.

Alle Balancierungsversuche zwischen den Parteien konnten nur kurzatmig sein. Sie fanden keine Stütze mehr an Loyalitäten, die im Sturm hätten Bestand haben können. Als der Prozeß gegen den König geführt wurde, stand Hérault de Séchelles nicht auf der Seite derer, die der Todesstrafe widerrieten. Das Votum, das der Sproß einer alten

Familie, zu deren Ehrentiteln die Königstreue gehörte, abgab, wiegt um so schwerer, als es nicht von ihm gefordert war. Während der Prozeß gegen den König sich dem Urteilsspruch näherte, um die Jahreswende 1792/93, war Hérault wieder als Kommissar unterwegs, diesmal in dem von den Revolutionstruppen besetzten Savoyen. Er und seine drei Kollegen entschlossen sich, ohne daß es von ihnen erwartet wurde, dem Konvent ihr Urteil mitzuteilen. In einem Akt von bedenkenlosem Übereifer schrieben sie: «Wir erklären also, daß wir die Verurteilung von Louis Capet durch den Nationalkonvent und ohne Einspruchsrecht des Volkes wünschen. Wir äußern diesen Wunsch aus unserer tiefsten Überzeugung und fern von allen Bedrängnissen, so daß die Wahrheit sich ungetrübt zeigt ...» Das so unnötige wie selbstgefällige Votum lautete auf Todesstrafe. Einer dieser vier Kommissare, Simond, ein abtrünniger Priester, hatte in den achtziger Jahren den jungen Metternich unterrichtet. Dieser wird sich später noch daran erinnern, daß er damals «den ganzen Schrecken der revolutionären Doktrinen» kennengelernt habe.

9.
Das Kommissarsystem

Der Weg von Hérault de Séchelles ist ein Musterbeispiel für die Dynamik der Radikalisierung der Revolution. Kaum hatte er sich den Girondisten angenähert, da versuchte er, wieder den Anschluß an die Jakobiner zu gewinnen. Er hatte sich nach Auflösung der Konstituante in Paris zur Wahl gestellt und, als er gewählt worden war, seine Stellung am Kassationsgerichtshof aufgegeben. Am Ende des Jahres glaubte er zu sehen, wie sich eine Verschwörung gegen Frankreich zusammenbraute: «Überall, wo es Throne gibt, entdecken wir Feinde.» Nun nahm bei ihm alles eine entschieden antimonarchische Wendung, und die Entdeckung des allgegenwärtigen inneren Feindes, mit dessen Überwindung sich Robespierre den Weg zur Macht bahnte, führte ihn bis zu den letzten Konsequenzen. Am 17. Juni 1792 wurde er Präsident des Jakobinerklubs. Er führte dort den Vorsitz, als Danton Lafayette des Verrats bezichtigte. Am 10. Juli trug er im Konvent seinen «Bericht über die Ausrufung der Gefahr fürs Vaterland» vor. Am 2. September wurde er zum Präsidenten der Versammlung gewählt, an dem Tage, als die Blutszenen der Septembermorde begannen und die Gefängnisse, die Conciergerie, die Salpêtrière, Bicêtre und andere Kerker, gestürmt und die Gefangenen, ihre Zahl ging in die Hunderte, wegen angeblicher Komplotte ermordet wurden. Mit den Bluttaten dieser Tage begann die Schreckenszeit, die Hérault de Séchelles auf der Seite der Vollstrecker sah, wenn auch untätig.

Im Winter 1792/93 wurde dem Abgeordneten des Nationalkonvents von neuem eine Mission als Kommissar anvertraut. In den bürgerkriegsähnlichen Zuständen, die sich überall auszubreiten begannen, wurde die staatliche Gewalt zunehmend durch solche Kommissare der Volksvertretung ausgeübt. Sie erhielten vom Nationalkonvent den Auftrag, beispielsweise Waffen zu beschaffen, die Bewaffnung des «Volks» zu organisieren und andere Maßnahmen für die öffentliche Sicherheit und Ordnung zu ergreifen. Mehr und mehr wurden diese Kommissare zur eigentlichen Exekutive, die im Auftrag des Nationalkonvents tätig wurde; doch die Umstände der Mission machten eine vorherige Festlegung und Kontrolle ihrer Aktivitäten weitgehend unmöglich. In erster Linie hatten sie den Auftrag, die Unabhängigkeit der Selbstverwaltungskörperschaften in den Departements aufzulösen. Zeitweilig war die Hälfte der Mitglieder des Nationalkonvents («pris au sein de la convention nationale») in solchen Missionen unterwegs, Gruppen («Deputationen») aus drei bis neun, oft auch mehr Kommissaren, die sich in Untergruppen teilten, aber immer nur zu zweit selbständig vorgehen durften. Sie waren durch eine Art Uniform kenntlich. Dieses System, das Carl Schmitt in «Die Diktatur» analysiert hat, befand sich, als Hérault de Séchelles im Frühjahr 1793 nach Savoyen aufbrach, noch im Werden. Doch schon bald nach seiner Rückkehr Ende Mai war dieses neue Kommissarsystem fest etabliert. Der entscheidende Zug der «kommissarischen Ermächtigung» als einer nach den Umständen unbegrenzten Befugnis dürfte jedoch schon bestanden haben, als die Mission in Savoyen ablief. Schon im Februar 1793 ist die Rede von «pouvoirs illimités» belegt und damit der Weg zur kommissarischen Diktatur beschritten.

Wie weit Hérault de Séchelles an der Durchsetzung dieses Systems beteiligt war, ist schwer zu erkennen. Aber gewiß hat er in Savoyen nicht nur veranlaßt, daß eine von ihm gedichtete «Hymne der Vernunft» zur Feier der Vereinigung mit Frankreich gesungen wurde. Für die Annahme, daß er sich für das Kommissarsystem über seine Aktivitäten hinaus politisch engagierte, spricht seine Veröffentlichung eines Politischen Katechismus, nämlich Dialoge zwischen einem savoyischen Bürger und einem Kommissar («Dialogue pour les citoyens des campagnes du département du Mont Blanc entre un électeur et l'un des commissaires de la Convention nationale sur le serment civique que la loi exige des prêtres»). Hérault de Séchelles, der ungenannt bleibende Verfasser, läßt den Kommissar beispielsweise sagen: «Wir kennen nichts als Menschen, wir kennen nur Bürger.» Außerdem hat Hérault de Séchelles in seinem Bericht vor dem Konvent ein Lob der

Volkskommissare vorgetragen: «Ihr Eifer, die Mission auszuführen, mit der sie von euch beauftragt worden sind, ihre ausgebreiteten und sorgfältigen Tätigkeiten sind dazu angetan, künftig in allen Regionen als Vorbild zu dienen, wo man gleich uns die Institutionen der Freiheit in Anspruch nehmen wird.» Und weiter rühmt er «das beständige Schauspiel einer Brüderlichkeit», die nicht nur die neuen Mitbürger schätzen lehre, sondern die «Würde der nationalen Repräsentation» vergegenwärtige. Die Würde der nationalen Repräsentation sollte sich allerdings als Spielball der diktatorischen Befugnisse erweisen. Als Hérault de Séchelles Ende Mai 1793 nach Paris zurückkehrte, stand er im Zenit seiner politischen Laufbahn. Als Präsident des Nationalkonvents sprach er in einer Sitzung eines der Schlüsselworte der Revolution aus, für das er umgehend aus der Mitte der Versammlung belobigt wurde: «Citoyens, la force de la raison et la force du peuple sont la même chose.»

10.
Der Wille zur Form

Die politische «Identität» von Hérault de Séchelles in der Revolution bleibt ungreifbar, selbst am Ende noch, als er zusammen mit Danton und den Dantonisten hingerichtet wird, ohne einer der ihren zu sein. Was hat er geglaubt, bewirken und durchsetzen zu können, welcher politische Wille trieb ihn, bis zum Äußersten zu gehen? Von Anfang an ist an ihm eine gewisse Starre zu beobachten, als wolle er sich nicht aus der Reserve locken lassen. Stets scheint er vor allem die Form wahren zu wollen. Vielleicht liegt hier, in seiner Haltung, sein Geheimnis verborgen. Es vermischen sich darin ästhetische und politische Züge.

Ästhetisch ist die zeremoniöse Attitüde, ein Erbteil seiner aristokratischen Herkunft, und gerade in der Loslösung von ihrem gesellschaftlichen Boden gewinnt diese Geste Intensität, ein Zug von Unwirklichkeit kommt steigernd hinzu. Alles, was Konvention von höchster Verfeinerung war, wird nun funktionsloses Gepränge, das dann politisch verfügbar wird. Der römisch-republikanische Kanon, der maßgebend von Jacques-Louis David favorisiert wurde, wurde zum Auffangbecken der entleerten aristokratischen Stilideale. Der Stil selbst wurde zu einem Symbol der Unerschütterlichkeit, deren politisches Vorbild die römische Republik war. David war der Regisseur der politischen Form. Von politischer Überzeugung war hier keine Spur anzutreffen, dafür aber entdeckte David das Politische als Willen zu Form. Die Leere der Überzeugung und die Entschiedenheit der Formensprache, die in allen ihren Wendungen politsch sein wollte, stützten sich gegenseitig. Vielleicht war Hérault de Séchelles an dieser Entdeckung auf seine Weise beteiligt. Eine ähnliche Bewandtnis hatte es auch hier: Eine aus ihren gesellschaftlichen Bindungen gelöste Konvention wird von ihm als reine Form erlebt und zelebriert, als ein Gefäß, worin das Neue eingesammelt werden soll.

Die «Gedanken über Vortragskunst» zeigen, wieviel schauspielerische Übung und originäre künstlerische Energie der Autor in die Gewinnung und Kultivierung einer überlegenen und eindrucksvollen Haltung investierte. Es geht um die großen Rollen auf der Bühne wie im Leben. Niemand, der wie ein Schauspieler seine Existenz mit seinen Rollen verschmelzen kann, wird sich mit einer derartigen mikrologischen Intensität in die Details dieses Handwerks vertiefen können. Als Zeremonienmeister der aus den Fugen geratenen Ordnung mag Hérault de Séchelles sich selbst verstanden und erlebt haben. In dieser Eigenschaft hat er in einem bedeutungsvollen Augenblick der Revolution den Vorsitz geführt: bei dem Fest, das am 12. August 1793 aus Anlaß der Verkündung der Verfassung ausgerichtet wurde.

Es war «seine» Verfassung. In einem Eilverfahren hatte Hérault de Séchelles den Verfassungstext und die Menschenrechtserklärung redigiert, nachdem ein Entwurf, der auf Condorcet zurückging, sich als nicht abstimmungsfähig erwiesen hatte. Mit dem Ende der Monarchie war eine neue Verfassung nötig geworden, die sich die schwierigen Balancierungen zwischen Volk und König, an denen die erste Verfassung gescheitert war, ersparen konnte. Es war klar, daß sie vom Souverän gebilligt werden mußte. Und nachdem der erste Entwurf wegen seiner Weitschweifigkeit – er hatte 402 Artikel – nicht zur Abstimmung gestellt werden konnte, scheint man im Falle der von Hérault de Séchelles in äußerster Eile improvisierten Verfassung gar nicht mehr ernsthaft daran gedacht zu haben, sie in Kraft zu setzen. Sie war zu einem bloßen Mittel im politischen Tagesgeschäft geworden.

Trotz der Umstände ihrer Entstehung und obwohl sie unverwirklicht blieb, hat gerade diese Verfassung die größte Berühmtheit erlangt als die am konsequentesten demokratische, die die Französische Revolution hervorgebracht hat. In dem luftleeren Raum bloßen Taktierens hatte Hérault de Séchelles sie zusammengezimmert, so daß er sie mit einem gewissen Recht als die seinige bezeichnen durfte. Denn am Ende, nachdem sie in einer Art Bundeslade beigesetzt worden war, scheint er der einzige gewesen zu sein, der noch an sie glaubte. In ihr war die Souveränität des Volkes nicht nur im Wahlrecht verankert, sondern auch darin, daß es alle Gesetze zu sanktionieren hatte. Das Recht auf Arbeit, das Widerstandsrecht, das Versprechen eines allgemeinen Glücks – all diese Wunschvorstellungen gingen in die Verfassung ein, die Manon Roland ein «Plakat» nannte. Als schon längst klar war, daß die Verfassung niemals in Kraft gesetzt würde, brachte Hérault de Séchelles beispielsweise ergänzende Artikel zur Abstimmung, etwa um die wechselseitige Nichteinmischung in die Politik der Nationen zu proklamieren. Politik war in solchen Leerformeln zur Scharlatanerie geworden. Saint-Just, der Machtbesessene, quittierte dies mit der Bemerkung, daß man das «verzierte Initial» der Verfassung – gemeint war damit Héraut de Séchelles – nicht mehr brauche.

Mit Zorn hat Hippolyte Taine über den Autor dieser Verfassung geurteilt. Er nannte ihn einen «revolutionären Wirrkopf», «idiot révolutionnaire», weil er für sein Verfassungswerk in der Pariser Nationalbibliothek die griechischen «Gesetze des Minos» angefordert haben soll. Was Taine Anlaß zu Hohngelächter gab – «an einem solchen Zug erkennt man das Werk und den Handwerker» –, war aber wahrscheinlich selbst schon eine Geburt des Hohngelächters.

11.
Eigenpriestertum

Die Verfassung, die «Constitution de l'an I», wurde am 10. August 1793 durch ein Fest proklamiert, das von Jacques-Louis David als «féerie» entworfen und von Hérault de Séchelles, der zugleich die tragende Rolle des Zeremoniells innehatte, in einer protokollarischen Beschreibung zu Papier gebracht worden ist. Seine Schilderung, die er in zwölfhundert Exemplaren verbreiten ließ, hat phantasmagorische Züge. Er beginnt die Schilderung des Festes am frühen Morgen mit dem Auszug der Pariser

Bürger zur Place de la Bastille: Sie hätten sich bei den ersten Strahlen der Sonne aufgemacht, die Tugend habe sie dorthin geleitet. Auf einzelne Steine der Gefängnisruine waren Gedanken von ehemaligen Insassen aufgezeichnet: «Ein Greis netzte diesen Stein mit seinen Tränen» – «Die Hölle hat die Könige verschlungen» – «Der Verderber meiner Frau hat mich in dieses Verlies gebracht» – «Vor meinen Augen meine treue Spinne getötet» – «Dieser Stein ist niemals aufgeklärt worden» – «Lasciate ogni speranza chi entrate». Hérault de Séchelles hat es sich nicht nehmen lassen, jede Nuance dieses kollektiven Rituals aufzuzeichnen, als sollte ein neuer Kult hier kanonisch fixiert werden. In dessen Mittelpunkt sah Hérault sich selbst, als selbsternannten, sich selbst zelebrierenden Priester, wie ihn zeitgenössische Stiche zu Füßen der sphinxartigen Statue der Natur zeigen, aus deren Brüsten in einem weiten Bogen Wasser hervorsprudelt. Wie in einer Massenszene in der Oper drängte das Volk heran mit den Repräsentanten der sechsundachtzig Departements von Frankreich, die einer nach dem anderen mit ihren Bannern vortraten. Jedes Mal nahm Hérault de Séchelles, der einen Säbel trug und eine Trikolore als Schärpe umgelegt hatte, am Fuß der Statue aus einem Achatkelch einen Schluck von den Wassern der Natur. Die Greise kamen ihm vor wie «von einem prophetischen Taumel ergriffen, während der Wind ihre langen ausgebleichten Haare flattern ließ».

In seiner Vorlesung über die Geschichte des Revolutions-Zeitalters hat Jacob Burckhardt die Veranstaltung mit unüberhörbarem Sarkasmus geschildert: «Beim ersten Strahl der Sonne – man stand damals noch früher auf als jetzt – versammelte sich die Behörde auf dem Platz der Bastille vor einer riesigen Statue der Natur, aus deren Brüsten Wasser sprang. Die Abgeordneten mußten in alphabetischer Ordnung – um Jalousie zu vermeiden – dazutreten und trinken. Der Zug zog auf den Concordia-Platz, gefolgt von einem Wagen mit den königlichen Insignien und einer Urne, wo die Asche der fürs Vaterland Gefallenen aufgefangen werden sollte. Auf dem Todesplatz Ludwigs XVI. stand eine Statue der Arbeit; davor wurden die königliche Insignien verbrannt. Das Verfassungsfest war ein großer Unsinn; diese Dinge waren bei allem Pathos vollkommen eiskalt und frivol; die Pariser aber lassen sich viel gefallen, wenn sie nur wissen, daß sie nachher darüber spotten dürfen.»

Man kann den Einfluß, den Hérault de Séchelles auf dieses Verfassungsfest genommen hat, nicht überschätzen. Zweifellos brachte es ihm die Erfüllung seiner revolutionären Mission, so wie er sie sich erdacht hatte. Er war der erste Repräsentant eines Kultes, der, weit entfernt von aller herkömmlichen Religion, nichts weiter sein wollte als eine bilderreiche Naturverherrlichung. Das Jahr 1793 war das Jahr einer geradezu hektischen Symbolproduktion. Die Revolution sollte in Festen und Kulten ihren ideellen Gehalt veranschaulichen, ihre Legitimität in Symbolen vergegenwärtigen. Als der politische Terror, nach einer gespenstischen Rollenverteilung, seine blutigen Hände ausstreckte, suchten die im Politischen eher mäßigenden Kräfte die Religion als das Feld, auf welchem auch sie radikal sein konnten. Michelet hat dafür die Formel gefunden: «Es galt, der Revolution eine andere Bahn zu eröffnen, die politische Moderation durch die religiöse Kühnheit zu kompensieren.» Im Zeichen der Moderation wurde auch der «Kult der Vernunft» inauguriert. Kein Fest der Revolution ist so sprichwörtlich geworden für den Willen, alles auf eine Karte zu setzen und eine Religion wie eine politische Maßnahme zu dekretieren. Sprichwörtlich aber auch für das Versagen der revolutionären Imagination, Bilder und Rituale zu erdenken, die das Volk zu fesseln vermochten. Die wütende Entwertung der Symbole, die blasphemische und bilderstürmerische Energie waren ungleich stärker als die Bildkraft der revolutionären Utopie. Das Wort, daß es vom Erhabenen zum Lächerlichen nur ein kleiner Schritt sei, hat hier seine Anwendung. Gewollt war eine Religion. Was herauskam, war eine schlechte Oper. Das gilt für das Verfassungsfest von Hérault de Séchelles ebenso wie für das Fest der Vernunft Robespierres.

Aber die Ähnlichkeit beider Veranstaltungen schloß nicht aus, daß sie miteinander in Konkurrenz lagen und einander von der Intention her sogar ausschlossen. Als Hérault de Séchelles in diesem Winter noch einmal den Auftrag eines Volkskommissars übernahm – dieses letzte Mal im Departement Oberrhein, das zu den beständigen Krisenregionen der Revolutionsjahre gehörte – bemühte er sich als erstes darum, daß man «fêtes de la Raison» veranstaltete, Vernunftfeiern, wie sie gleichzeitig in Paris auf die Tagesordnung gesetzt wurden. Die Vernunftfeiern Robespierres waren von anderer Art als jener Festtypus, den Hérault de Séchelles für den 10. August 1793 geschaffen hatte. Der Kult der Vernunft war der Versuch einer Rückverwandlung von Aufklärung in Religion, wodurch der Aufklärung die atheistische Spitze abgebrochen wurde. Robespierre hatte über den Atheismus einen Bann ausgesprochen: Der Atheismus sei aristokratisch, hatte er verfügt. Diese Aussage könnte durchaus auf Hérault de Séchelles gemünzt gewesen sein als einen jener Aristokraten, die in der Führung der Revolution überlebt hatten. Wenn Hérault de Séchelles mit den Vernunftfesten im Elsaß dieser Konzeption scheinbar folgte und auf Robespierres neue Religiosität einschwenkte, so mag auch dies ein verzweifelter Versuch gewesen sein, aus der Gefahrenzone herauszukommen.

In seinem Bericht über die Mission im Elsaß hat er denn auch die genaue Entsprechung dieser Feiern zum Pariser Fest der Vernunft betont. Offenbar nahm er auf die religiösen Delirien Robespierres Rücksicht, während seine eigene Feier es sich strikt versagt hatte, eine fromme Stimmung aufkommen zu lassen. In seinem Rapport unterschied Hérault de Séchelles auf subtile Weise zwischen einem Fest *der* Vernunft und einem Fest *für die* Vernunft, als wollte er einen Streit ums Jota entfachen. Ähnlich subtil nahm er bei derselben Gelegenheit zu der von Robespierre gestellten Religionsfrage Stellung. War diese Bewegung, so fragte er, «Philosophie oder eine Verschwörung»? Das eine wie das andere, lautete seine Antwort. Die einen hätten es als eine Art Gottlosigkeit aufgefaßt, «daß wir der Religion nahmen, was an ihr Überflüssiges war», die anderen dagegen hätten «für Atheismus gehalten, was wir in Wirklichkeit Gott zu schulden glaubten».

12.
Menschheit gegen Menschheit

Die Verfassung, die Hérault de Séchelles entworfen hat, ist nie in Kraft getreten. Trotzdem hat er sie drucken lassen, als handelte es sich um ein literarisches Werk, und sie an Freunde versandt. Einer der Empfänger war Lavater. «Lieber und berühmter Lavater», hatte er ihn angeredet. Wie aus großer Ferne kam die Antwort, die ein bedeutendes Dokument der Ernüchterung jenes europäischen Revolutionsenthusiasmus ist, den auch Lavater zu Beginn und bis an die Schwelle der «terreur» geteilt hatte: «Ihr tyrannisiert die Menschen tausendmal mehr als eure Tyrannen, auf deren Trophäen ihr euch niederlaßt und schreit: ‹Ade, Tyrannei, hinfort Despotie!› Seitdem ihr anstelle der zerstörten Bastille die ambulante Guillotine eingeführt habt, seit man all das nicht mehr zu sagen und zu schreiben wagt, was man unter den despotischsten Königen zu sagen und zu schreiben wagte, ergreift mich ein Schauder, wenn ich euch von Freiheit sprechen höre. Ich bewundere Euer Genie, ich liebe Euer Herz, ich beklage Eure Illusion. Ich flehe Euch im Namen der Menschheit an: Werdet menschlicher. Zwingt Eure Brüder nicht dazu, Sklaven zu sein im Namen der Freiheit. Haltet mich nicht für schwach genug, um entweder die Partei der Fürsten im allgemeinen oder des französischen Royalisten zu ergreifen. Nein, ganz und gar nicht. Ich habe nur eine klare, einfache und niederschmetternde Wahrheit zu sagen. Alle eure Könige und alle Könige des ganzen Erdkreises zusammen haben nicht so viele Beispiele eines monströsen Despotismus gegeben, wie ihr es seit drei Jahren tut.» Lavaters Brief ist im Nachlaß von Hérault de Séchelles gefunden worden. Als er ihn erhielt, soll er ihn im Nationalkonvent an seinen Nachbarn weitergereicht haben mit der Bemerkung: «Diese Leute verstehen unsere Lage nicht.»

Ein zweiter Brief, der sich an dieselben Ereignisse anschloß, kam aus der Verwandtschaft von Hérault de Séchelles: «Daß ein Adliger, zu den höchsten Würden gelangt, ein mit der Sorge für die Einhaltung der Gesetze betrauter Staatsdiener, mit einem Wort ein Hérault de Séchelles», schrieb seine Kusine d'Avranches, «sich mit dieser entfesselten Horde gemein macht und sich gar an ihre Spitze setzt, seinen Stand verrät und seinen König ermordet, das ist der Gipfel der Verruchtheit und Schändlichkeit... Ihr schickt Euch an, das Volk zu einer massenhaften Erhebung anzustacheln – welche Abgeschmacktheit, welche Monstrosität!» Der Brief schloß mit einer Voraussage, die nur um weniges später eintreffen sollte: «Lebt wohl, Hérault. Noch ehe drei Monate vergangen sind, werde ich das Vergnügen haben zu sehen, wie Ihr auf dem Rad für das Blut Eures Königs und aller tapferen Franzosen zahlen werdet, die Euer verbrecherischer Wahn geopfert hat...»

Gibt es überhaupt Stimmen, die Hérault de Séchelles in dieser Zeit des beschleunigten und scheinbar unausweichlichen Unheils entlasten? Ein Überlebender der Schrekkenszeit, Paganel, hat in seinem «Essai historique et critique sur la révolution française» für die letzten Monate bezeugt, Hérault hätte damals seine Meinungen und Taten ausschließlich auf seine Verteidigung ausgerichtet. Er hätte stets nur die Farbe seiner Umgebung angenommen und sei in den Ausschüssen der Regierung immer «ein wachsamer Posten» gewesen: «Er sah, wie sich in der Ferne der Blitz formte, und mit ebensoviel Eifer wie Umsicht lenkte er ihn von dem Haupt ab, das bedroht war.» War es nur das eigene Haupt, das er schützte, oder auch das eines anderen? Der eine Strang der Überlieferung, der familiäre, will wissen, daß der im Zentrum der Macht oder doch in seiner unmittelbaren Nähe Befindliche sich allen Bitten zugunsten bedrohter Verwandter verschloß. «Ich war vernichtet», erzählt der Anwalt Berryer, «ich fand ihn völlig kalt, unzugänglich, als ich bei dem Konventsvorsitzenden wegen der Verhaftung seines Onkels vorstellig wurde, an der ich als Außenstehender lebhaften Anteil nahm... Er machte geltend, daß er sich selbst gefährde, wenn er für seinen Onkel einträte.» Eine andere Linie der Überlieferung weiß wenigstens von einem einzigen Fall, in dem Hérault de Séchelles an dem Schicksal eines Verfolgten Anteil genommen hat. Dieser Fall ist offiziell dokumentiert. Während der blutigen Septembertage 1792, als Séchelles den Vorsitz in der Nationalversammlung führte, erwirkte er für den Abbé Sicard, den Erfinder des Taubstummenalphabets, einen förmlichen Haftbefehl, der ihn vor der wilden Meute in den Gefängnissen schützte. Weil der Abbé Sicard sich um die Menschheit verdient gemacht hatte, gewährte ihm der Verehrer großer Menschen seinen Schutz, während die Namenlosen einem beispiellosen Blutrausch zum Opfer fielen. Während das Unheil wütete, bemühte man sich mit geradezu religiöser Hingabe darum, der Urne Gutenbergs habhaft zu werden.

In Briefen an den besonders grausamen Provinzmachthaber Carrier, der nach dem Sturz Robespierres ebenfalls hingerichtet worden ist, hat Hérault de Séchelles dessen strenges und grausames Regime mit Nachdruck unterstützt. Die Briefe an Carrier, die sich durch einen Zufall erhalten haben, enthalten die schwersten Belastungen gegen den scheinbar so tatenfernen Ästheten Hérault. In ihnen kommt eine Formulierung vor, die in allen seitherigen Revolutionen wieder auftauchen wird: Die Menschlichkeit sei zu suspendieren, bis die Arbeit der Revolution getan ist. Dies dürfte die ernste Überzeugung von Hérault de Séchelles gewesen sein. Beispielsweise soll er auch den Versuch gemacht haben, Chamfort zu einer Schrift gegen die Pressefreiheit zu ermuntern. Dieser ist dem Vorschlag nicht gefolgt. Die Formel, die die Schuldfrage auch für Hérault de Séchelles zutreffend darstellt, ist zweifellos jenes von Antoine de Lasalle geprägte: «Tout est alternativement vainqueur et vaincu», alles ist abwechselnd Täter und Opfer.

13.
Nacht des Vorurteils

Saint-Just schien entschlossen, alle verhaften zu lassen: «Emigranten, eidverweigernde Priester, Deserteure, Spione, alle diejenigen, die royalistische Reden führen oder geführt haben, Föderalisten, Konterrevolutionäre, Assignatenschwindler.» Die Aufzählung war so gut wie erschöpfend. Die Totalisierung des Verdachts ergab sich aus dem grenzenlosen Vertrauensschwund, der eine unmittelbare Folge der Anwendung des Begriffs der Korrumpierung war: «Das Vertrauen hat keinen Wert mehr», meinte Saint-Just, «sobald man es mit Menschen teilt, die verderbt sind.» Dieser Kälte dürfte Hérault de Séchelles entflohen sein, um, wie bei den früheren Missionen, seine Stellung als Abwesender zu befestigen. Jedes Mal nach solchen Expeditionen war er dem Zentrum der Macht nähergerückt. Seinen letzten Auftrag suchte er wahrscheinlich deswegen, um sich den dramatisch beschleunigten Richtungskämpfen zu entziehen.

Als Hérault de Séchelles am 29. Dezember 1793 nach Paris zurückkehrte, war es offenbar zu spät, um die Lage zu seinen Gunsten zu wenden. Nicht der Bericht über die Mission am Oberrhein, kein Appell an die republikanische Gemeinsamkeit konnten abwenden, was längst beschlossen war. Seine Verteidigungsrede hielt er noch am selben Tag, ehe überhaupt Anklage erhoben war. Von der Rednerbühne des Konvents hielt er dem Revolutionsmärtyrer Lepeletier de Saint Fargeau – Davids Gemälde «Der Tod Lepeletiers» sollte an der Stirnseite des Saals neben dem «Tod des Marat» dem Konvent sakrale Würde verleihen – eine Huldigung und suchte bei ihm wie bei einem Heiligen Schutz: «Wie sollte ich schändlich genug sein, um mich verbrecherischen Verbindungen zu überlassen, da ich doch in der Welt nur einen einzigen Freund gehabt, seit dem sechsten Lebensjahr – hier ist er, Michel Lepeletier! Du, von dem ich mich niemals trennen werde, dessen Tugend mein Vorbild ist, und der du mit mir zusammen dem Haß des Parlaments ausgesetzt warst, glücklicher Märtyrer. Wie du es getan hast, werde ich mich schützend vor mein Vaterland stellen, wenn freiheitsmordende Dolche es bedrohen. Aber dann müßte ich durch den Dolch eines Republikaners ermordet werden.»

Der Appell stieß auf ein Schweigen, das schließlich von Robespierre gebrochen wurde, indem er von der Existenz einer beim Konvent eingegangenen Anzeige gegen Hérault de Séchelles Mitteilung machte. Seit diesem 31. Dezember nahm dieser an den Sitzungen des Konvents nicht mehr teil, und er antwortete auch nicht vor diesem Forum auf die gegen ihn erhobenen Beschuldigungen. Von bemerkenswertem Mut sind einige Äußerungen von ihm, mit denen er seinen Anklägern entgegentrat: «Ich habe nur der Republik gedient», schrieb er Saint-Just, «ich bin unangreifbar... Ich werde dem Unrecht die Wahrheit entgegenhalten... Klagt man mich an, werde ich zum Ankläger. Ich werde alles enthüllen. Man wird zwischen uns urteilen.» Angriff als Verteidigung, das war ja, wie Emile Dard beobachtet hat, einer der Ratschläge des Büchleins von 1788 gewesen. Das Rezept half in dieser Lage nicht. Hérault de Séchelles war längst verurteilt, und es fragte sich nur, mit wem er den Weg zur Hinrichtung antreten würde, mit den Ultras um Hébert oder den Dantonisten.

Aus dieser spätesten Zeit sind Gespräche zwischen dem Todeskandidaten und Barère überliefert, in denen Hérault zum ersten Mal als eine wirkliche Person mit Befürchtungen und Hoffnungen sichtbar wird. In diesen Gesprächen wird auch der Horizont der Gegenwart durchstoßen. «Die Welt muß am Ende», sagt Hérault de Séchelles, «die Nacht der Vorurteile verlassen. Der Despotismus der Könige wird von der Souveränität der Völker überstrahlt werden. Die Träumereien des Heidentums und der Wahnsinn der Kirche werden ersetzt werden durch die Vernunft und die Wahrheit. Die Natur wird der Gott der Franzosen sein wie das Universum sein Heiligtum.» Und auch die Besorgnisse, die in denselben Gesprächen anklingen, scheinen echtem Zweifel zu entspringen, beispielsweise wenn er sich fragt, ob wirklich, wie Abbé Raynal gemeint hatte, ein Blutbad unausweichlich sei, sobald eine Nation sich regeneriere.

Prozeß, Verurteilung, Hinrichtung – all dies gehört in das Repertoire der Revolution als Schauspiel. Emile Dard hat die Überlieferung zusammengefaßt und die Vorgänge nach den Quellen geschildert. Einige der Antworten vor dem Tribunal, manche der Äußerungen auf dem Weg zur Guillotine und die letzten Worte gehören zum Kernbestand der revolutionären Überlieferung. Nach der Person befragt, sagte Desmoulins, er sei dreiunddreißig Jahre alt, «das Alter des Sansculotten Jesus». Danton gab als seinen Wohnsitz an: «Bald das Nichts»; seinen Namen werde man bald im Pantheon finden. Hérault de Séchelles stach durch gelassene Ruhe hervor, er soll sich im Gefängnis von den Mitgefangenen verabschiedet haben, als ginge es zu einer Lustpartie. Zur Ruhe kam vor Gericht der Abscheu hinzu. Man werde mit solchen Verdächtigungen die wahren Patrioten vom Boden der Freiheit vertreiben. Als den Angeklagten das Wort verboten wurde, meinte er, daß diese Taktik ihn nicht erstaune: «Sie ist derer würdig, die es nach unserem Blut dürstet.» Nach der Verurteilung sagte Hérault zu Camille Desmoulins, der jammerte: «Mein Freund, zeigen wir, daß wir zu sterben verstehen.» Mit Danton und Fabre d'Eglantine nahm Hérault auf der hintersten Bank des Henkerkarrens Platz. Der sich durch alle Gefahren hindurchwindende Maler Jacques-Louis David, ein Gefährte schon der Jahre vor der Revolution, hatte sich am Café de la Régence postiert, um zu zeichnen. Danton rief ihm zu: «Lakai!» Alles lief ordentlich und mit Anstand ab. Daß es gelte, zum Richtplatz zu schreiten, als komme man zu einem Bankett, ist zum geflügelten Wort geworden. Das berühmteste Wort von allen fiel unmittelbar vor der Hinrichtung. Als der Henker Danton und Hérault de Séchelles, die sich zum Abschied umarmen wollten, voneinander trennte, sagte jener: «Vas, tu n'empêcheras pas du moins que, dans un moment, nos têtes ne s'embrassent au fond du panier.» Diese Szene ist mit vielen anderen, zum Teil noch unerkannten Einzelheiten aus dem Leben von Hérault de Séchelles in «Dantons Tod» von Georg Büchner nach Quellen der Revolutionsgeschichte überliefert. «Willst du grausamer sein als der Tod?», sagt Danton zum Henker, «kannst du verhindern, daß unsere Köpfe sich auf dem Boden des Korbes küssen?» In dem Tagebuch des Augenzeugen Charles Henri Sanson wird die Abschiedsszene so wiedergegeben: «Dann kam Hérault de Séchelles heraus und Danton mit ihm, ohne den Anruf abzuwarten und ohne, daß ihn jemand hinderte. Die Gehülfen hatten Hérault schon ergriffen, als er hinzutrat, ihn zu umarmen. Hérault, der nach dem Fallbrett gestoßen wurde, konnte ihm das letzte Lebewohl nicht sagen und Danton rief: Ihr Dummköpfe? wollt Ihr verhindern, daß unsere Köpfe sich im Korbe küssen?» Es dürfte wenige Sätze einer so gefaßten, ja frohgemuten Verzweiflung geben wie diese letzten Worte Dantons, die Hérault de Séchelles umfangen.

14.
Freiheit, Narrheit, Genuß

Die Hinrichtung Hérault de Séchelles als eines der zahllosen Opfer der Schreckensherrschaft Robespierres war sein Tor zur Ewigkeit, jedenfalls zu jener Ewigkeit, die für ihn allein zählte: zur Nachwelt. Die Sterbeszene gehört zu den unsterblichen Augenblicken der Französischen Revolution, nicht zuletzt auch, weil Büchner sie festgehalten hat. Die Nahtstellen, so hat die Büchner-Philologie vielfach nachweisen können, zwischen der historischen Überlieferung und der dramatischen Fiktion sind vielfach so fein, daß man auf deren Rechnung setzt, was historisch überliefert ist. Das erste Wort, das Séchelles bei Büchner spricht, lautet: «Nichts», ein Hauptwort des Büchnerschen Dramas, das anklingen läßt, was man, in einem bewußten Anachronismus, den Nihilismus dieses Aristokraten nennen darf. Gleich der erste Satz, den Hérault bei Büchner spricht, erinnert an seine Obsession durch die Physiognomik: «Sehen Sie nur, das Ding hat eine ganz eigene Physiognomie.» Und die Zeichensprache mit sexuellen Anspielungen, in der sich am Anfang die Frauen mit dem schönen Revolutionär austauschen, dürfte auch eine Anspielung auf seine Rettung des Abbé Sicard, des Erfinders der Taubstummensprache, sein: «Dann haben Sie Ihre Liebeserklärung, wie ein Taubstummer, mit den Fingern gemacht», sagt eine Dame. Nur wenig später wird ein aktuelles naturgeschichtliches Stichwort in die Debatte geworfen. «Sie möchten uns zu Antediluvianern machen», meint Hérault von den Anklägern, und greift damit in das Arsenal der Naturgeschichte. Physiognomik, Taubstummensprache, Naturgeschichte – mit wenigen Strichen ist das Profil des historischen Hérault de Séchelles gezeichnet. Was Hérault im weiteren sagt, fügt dem Linie auf Linie, Farbe auf Farbe hinzu. So das Motiv der Narrheit, des Rechts auf Narrheit: «Wir alle sind Narren, es hat keiner das Recht, einem anderen seine eigentümliche Narrheit aufzudringen.» Oder das Motiv des Genusses: «Jeder muß auf seine Art genießen können, jedoch so, daß keiner auf Unkosten eines anderen genießen oder ihn in seinem eigentümlichen Genuß stören darf.» In beiden Fällen liegt die Pointe in der Übersetzung der Freiheitsphilosophie in eine Parodie des neuen Dogmas der Freiheit. An die Stelle von Freiheit, Gleichheit, Brüderlichkeit tritt die Trias von Freiheit, Narrheit und Genuß. Auch Saint-Justs Wort von dem überflüssig gewordenen «verzierten Initial» ragt in Büchners Konstruktion hinein. Als Robespierre über Hérault de Séchelles sagt: «Ein schöner Kopf», setzt Saint-Just fort: «Er war der schöngemalte Anfangsbuchstaben der Konstitutionsakte, wir haben dergleichen Zierrat nicht mehr nötig, er wird ausgewischt.» Als Hérault nach seiner Verhaftung mit Chaumette, Payne, Mercier und anderen zusammen ist, reden sie darüber, daß es keinen Gott gibt. Hérault, der Atheist aus dem Geist der Aufklärungsphilosophie, spricht das Schlußwort dieser Debatte mit der These, daß Gott, um Alles zu sein, auch sein eigenes Gegenteil sein müsse: «vollkommen und unvollkommen, bös und gut, selig und leidend, das Resultat freilich würde gleich Null sein, es würde sich gegenseitig heben, wir kämen zum Nichts.» Wiederum fällt das Wort «Nichts», mit dem Héraults Auftritte begonnen hatten. Als Danton, Lacroix, Philippeau hereingeführt werden, nimmt das Todesthema einen frivoleren Klang an: «Wir werden wenigstens nicht mit Schwielen an den Fingern der hübschen Dame Verwesung die Wange streichen», sagt Hérault zu Danton. Er spielt an auf das Epikureertum, das sie beide verbindet, wobei Danton die volkstümliche und Hérault die aristokratische Spielart verkörpert. Scheinbar zusammenhanglos wirft da ein Gefangener ein: «Die Macht des Volkes und die Macht der Vernunft sind eins.» Es ist eben jener Satz, den Hérault in den Konvent gerufen hatte und der per Akklamation sofort zu einem Leitwort der Revolution erhoben worden war. Als der Autor dieses Wortes zu dieser Stunde mit ihm konfrontiert wird, bleibt er stumm.

15.
Die Schule des Ehrgeizes

Es heißt, daß Hérault de Séchelles während seiner letzten Tage im Gefängnis immer wieder in einem Exemplar seines «Codicille» geblättert habe. Wie mochte die Bilanz aussehen, die er in der Befolgung seiner Strategie der Überlegenheit ziehen konnte? Hatte er die falsche Zeit gewählt, als er jene aggressiven Techniken der Selbstbehauptung in den kultivierten Kosmos aristokratischer Bildung einfügen wollte? Die Zeit des Buches sollte noch kommen. Nach ihrer vorzeitigen Geburt fand die «Theorie des Ehrgeizes» schließlich im zweiten Anlauf eine Zeit, der sie willkommen war. Sie fügte sich nur allzu genau in die Atmosphäre der napoleonischen Ära. Von der Schreckenszeit erholt und in der Überzeugung, daß die Revolution nun beendet sei, erhob die Gesellschaft den Ruhm, die soziale Ambition und den Privatehrgeiz zu den höchsten Lebenszielen. Der Ehrgeiz des neuen Bürgertums, das in den Revolutionsjahren die Grundlagen seines Reichtums gelegt hatte, richtete sich fern von allen utopischen Träumen auf den bürgerlichen Wohlstand. Die ehemaligen Revolutionspolitiker, die sich in den Jahren ihrer Machtausübung bereichert hatten, wollten nun Sicherheit für das Erworbene. Die Tagebücher von Henri Beyle sind ein Zeugnis für die Verwandlung der Gesellschaft der Revolution in einen Schauplatz bürgerlicher Ambition und Unterhaltung. Der junge Stendhal verbringt seine Tage mit der Lektüre von berühmten Theaterstücken der Vergangenheit, mit der Niederschrift eigener Versuche, mit Schauspielunterricht und Deklamationsübungen, mit Besuchen in Salons und im Theater. Ein durchschnittlicher Tag bringt die Berührung mit nicht nur einem, sondern gleich mit mehreren Schauspielen, die als Schlüssel zur

Gefühlswelt wie zur Wirklichkeit studiert werden. Und in all dem drängt eine ungewisse, ihrer Richtung noch nicht sichere Ambition, ein Ehrgeiz, der das gesellschaftliche Äquivalent des Ruhms auf dem Schlachtfeld sein will.

Schon der Titel des Buches von Hérault de Séchelles dürfte den jungen Henri Beyle angezogen haben. Man muß sich nur eine der erschütternden Szenen vergegenwärtigen, die das Tagebuch festhält. Langeweile, Leidenschaft, Ehrgeiz, das sind die Stichworte, die dem Leser des Tagebuchs eingehämmert werden. Der stärkste Leidenschaftsanfall, so notiert der junge Stendhal, sei so mächtig gewesen, daß ihm kaum die Chance blieb, ihn zu beobachten: «Die Leidenschaft, die hier im Spiel war, war der Ehrgeiz.» Die Phantasie, es einmal zum Staatsrat bringen zu können, hatte ihn derart überwältigt: «Ich schäme mich, daran zu denken, ich war drauf und dran, die ehrgeizigsten Handlungen zu begehen, die ich kannte... Ich fühlte mich fähig, die größten Verbrechen und die größten Niederträchtigkeiten zu begehen» (7. Januar 1806). Stendahls Ehrgeizkrise durchzieht sein Tagebuch von seinem Beginn im Januar 1801 an. Und in seinem parallel geführten «Journal littéraire», den Aufzeichnungen zu seinen Lektüren und Schreibplänen, taucht die «Theorie des Ehrgeizes» von Hérault de Séchelles nicht lange nach ihrer Neupublikation im Jahre 1802 auf. Neben dem Titel, den Stendhal nicht übersehen konnte, wird der Name des Autors ein übriges getan haben, da er einem der Revolutionshelden gehört, denen Henri Beyle ein rühmendes Andenken bewahrte. Man sagte ihm damals Sympathien mit den Jakobinern nach. Symptomatisch für seine politische Haltung war 1804 sein Erschrecken, als der Revolutionskalender aufgehoben wurde – es kam ihm vor, als habe man mit einem Federstrich die Republik für immer ausgelöscht.

In einer Übersicht über Bücher, die er besaß oder noch erwerben wollte, notierte Stendhal im Februar 1804 in der Rubrik «Books to…»: «Hérault Séchelles». Schon zu einem früheren Zeitpunkt hatte er in seinem «Journal littéraire» einen Ausspruch von Séchelles zitiert mit dem Bemerken «ein geistvolles Epigramm»: «Indem man kräftig kontrastiert, bringt man die Männer aus der Fassung, und mit noch mehr Gründen die Frauen» (20. Juli 1803). Die Emphase, mit der Henri Beyle auf die «Theorie des Ehrgeizes» reagiert, erklärt sich auch aus der Affinität seiner eigenen Maximen, die in den literarischen Aufzeichnungen verstreut sind. Die Beobachtungen ähneln sich frappierend: «Ein starkes Mittel der Überlegenheit besteht darin, sich auf einen einzigen Gegenstand zu konzentrieren» (1802), oder: «Die Leidenschaften sind die Wirkung äußerer Gegenstände auf uns. Man braucht sich also nicht darüber zu wundern, daß derselbe Bogen auf Geigen, deren Körper einander nicht gleichen, verschiedene Töne hervorbringt.» Die Ähnlichkeit der Beobachtungen und die Verwandtschaft der Darstellungsweise, eine Mischung von Aphoristik und Definitionen, läßt Henri Beyle immer wieder zur «Theorie des Ehrgeizes» greifen. So zitiert er die Anleitung, seinen Gegner durch Verwendung von Kontrasten zu verwirren (Menschenkenntnis, VII), die Empfehlung, nie als erster zu sprechen, es sei denn über Gesundheit, Regenwetter oder schönes Wetter (Über die Konversation, VII) oder den Vergleich des sklavischen Lesers mit dem unfreien Bürger (Lektüre, XV). Diesen Vergleich macht Beyle sich zunutze, indem er daraus die Erlaubnis ableitet, sich der Lektüre eines einzelnen Buches nicht mehr ausschließlich widmen und ein langweiliges Buch vielleicht überhaupt nicht zu Ende lesen zu müssen.

Noch in «Rot und Schwarz» kann man Spuren von Stendhals Affinität zum aristokratischen Dandytum der

«Theorie des Ehrgeizes» erkennen, von der Verachtung aller Verhältnisse, die dem Ehrgeiz zu enge Schranken setzen. Was zählte, war die Überlegenheit an sich, als Spiel, bei dem die Bereitschaft zum Risiko den Triumph schon einschließt. Bei Hérault de Séchelles speiste sich diese Haltung aus der Verhaltenssicherheit der Schicht, der er entstammte. Jean Prévost, der 1927 das Vorwort zur ersten Neuausgabe der «Théorie de l'ambition» in unserem Jahrhundert schrieb, sieht in Hérault de Séchelles den Vorläufer: den «Vorläufer Napoleons durch den Ehrgeiz», vor allem aber den Vorläufer Stendhals oder einiger seiner Figuren. Mit dem Autor der «Theorie des Ehrgeizes» teilt Stendhal den analysierenden Blick auf die Gesellschaft, der zum Selbstzweck geworden ist, statt dem Fortkommen zu dienen. Stendhals frühe Tagebücher dokumentieren den Konflikt zwischen Glücksverlangen und gesellschaftlicher Einsicht, die sich dem in den Weg stellt. Stendhals Ausweg aus diesem Dilemma wird sein Künstlertum sein, während der Held von «Rot und Schwarz» dasselbe Dilemma als tödliches Scheitern erfährt. Julien Sorel ist eine Figur nach dem Muster «Theorie des Ehrgeizes», zum Beispiel wenn er sich vornimmt, in der Gesellschaft von Verrières nur «Dinge zu sagen, die er selbst für verkehrt hielt» – als folgte er einer Anweisung der «Theorie des Ehrgeizes»... Vielleicht, meint Prévost, sei Séchelles kälter, scharfsinniger, geschickter, vielleicht sogar intelligenter als Julien Sorel. Gekünstelter sei er jedenfalls. Nicht zu vergessen ist aber, daß die Guillotine sie verbindet, durch die sie beide sterben.

Zu diesem Buch

In einem Brief vom 1. Mai 1935 an Theodor Wiesengrund-Adorno, der sich damals in Königstein im Taunus aufhielt, berichtete Walter Benjamin aus Paris: «Ein Buch, dem ich seit Jahren nachspürte, ist mir dieser Tage in die Hände gefallen und hat alle Erwartungen eingelöst, die ich darauf gesetzt hatte.» Ehe er Verfasser und Titel des Buches nannte, führte er als Probe drei «fast beliebig ausgewählte Maximen» in eigener Übersetzung an. Es waren aus dem zweiten Kapitel der «Theorie des Ehrgeizes» die Abschnitte XL, XLI und XLII. Über den Verfasser sagte er: «Ein Vorläufer nicht nur Stendhals, sondern des anthropologischen Materialismus von Georg Büchner.»

Eine Neuausgabe der «Théorie de l'ambition» war 1927 bei Stendhal et Compagnie mit einem Vorwort von Jean Prévost erschienen. Ihr wie allen anderen neueren Ausgaben liegt jene Edition zugrunde, die Jacques Barthélemy Salgues 1802 veranstaltete und mit moderierenden Anmerkungen versah, da dem Buch der Ruf der Anstößigkeit vorausging. Der Ausgabe von J. B. Salgues lag ein, vielleicht das einzige gerettete Exemplar des Erstdrucks zugrunde, der 1788 unter dem Titel «Codicille d'un jeune habitant d'Epône» herausgebracht und vom Verfasser selbst vernichtet wurde. Beinahe wäre dieser Aktion völliger Erfolg beschert gewesen.

Solche Fährnisse mochten Benjamin zu seiner Annahme verleitet haben, daß es unendlich schwierig sein müsse, das Buch zu beschaffen. Doch mit geringerer

Mühe als auf den von ihm beschrittenen Wegen hätte er es in Frankfurt in der «Frhl. Carl v. Rothschildschen Bibliothek» erhalten können, in der ein Titel wie «Théorie de l'ambition» nicht fehlen durfte. Das Exemplar dieser Bibliothek hat unserer Übersetzung zugrunde gelegen, die kurz nach Erscheinen des Briefwechsels zwischen Adorno und Benjamin in Angriff genommen wurde und schließlich nach mancher Ablehnung freundliche Aufnahme fand in der von Ernst-Peter Wieckenberg glücklich wiederbelebten «Bibliothek des 18. Jahrnunderts».

Wie merkwürdig die lange und vergebliche Suche Benjamins nach Hérault de Séchelles war, ist allerdings erst durch einen Zufall deutlich geworden, nachdem die Übersetzung so gut wie fertiggestellt war. In einer Bibliographie zum Feuilleton der «Frankfurter Zeitung» tauchte eine in den einschlägigen Verzeichnissen sonst nicht genannte Übersetzung der «Théorie de l'ambition» auf, die 1929 bei R.H. Silomon in Bremen erschien und aus der die Redaktion der «Frankfurter Zeitung» unter der Rubrik «Unterm Strich» im Jahre 1929 «Zynische Aphorismen» druckte. Als Übersetzer wurde K.W. Körner genannt. In der Bemerkung der Redaktion hieß es: «Hérault de Séchelles, der Präsident des Nationalkonvents ist nicht nur Verfasser der Constituante (gemeint ist die Verfassung, die Constitution) von 1793, sondern hat schon früher einige Bücher geschrieben; darunter die mit Unrecht verschollene ‹Theorie des Ehrgeizes›, die Stendhal sehr liebte. Aus der deutschen Übersetzung dieses Buches bringen wir einen Vorabdruck aus den letzten Kapiteln.» Und tatsächlich ließ sich ein Exemplar der schmalen Broschüre auftreiben, das unserer Übersetzung noch im letzten Stadium zugute kam. Auch wenn die damalige Ausgabe so wenig durchdrang, daß sie sogar für einen Mitarbeiter der «Frankfurter Zeitung» wie Walter Benjamin unbemerkt blieb, kann ihr der Titel der ersten deutschen Übersetzung nicht streitig gemacht werden.

Diesen Anspruch können aber die Übersetzungen der beiden folgenden Texte von Hérault de Séchelles erheben. Seine «Réflexions sur la déclamation» und die «Pensées et anecdotes» wurden 1795 im «Magasin encyclopédique» zuerst veröffentlicht und sind in einem von Gérard Guégan herausgegebenen Band «Théorie de l'ambition et autres essais» (Editions Ramsay, Paris 1978) wieder aufgelegt worden. Damit ist aber das literarische Œuvre von Hérault de Séchelles bei weitem nicht erschöpft. In unserem Nachwort wird eine Reihe von Schriften genannt, die nach der Jahrhundertwende von Émile Dard gesammelt worden sind (Œuvres littéraires, avec une préface et des notes par Émile Dard, o. J.) und die er im übrigen in seiner Biographie von Hérault de Séchelles ausführlich zitiert. Dieser Biographie «Un épicurien sous la terreur. Hérault de Séchelles (1759–1794). D'après des documents inédits» lagen eingehende Quellenstudien zugrunde, die offenbar seither niemand wieder unternommen hat. Noch die Biographie von Hérault de Séchelles, die Georges Bernier 1995 bei Juillard veröffentlicht hat, fußt in allen wesentlichen Stücken auf den Kenntnissen von Émile Dard. Um die Jahrhundertwende war noch eine zweite große biographische Darstellung über den Verfasser der «Théorie de l'ambition» erschienen, die Hérault de Séchelles in erster Linie von der Seite seiner amourösen Abenteuer schilderte (Ernest Daudet, Le roman d'un conventionnel. Hérault de Séchelles et les dames de Bellegarde, Hachette, Paris 1904). Zugleich war dieses Buch eine strenge Abrechnung mit dem Verräter seiner aristokratischen Herkunft.

Um Hérault de Séchelles ist es in der Historiographie der Französischen Revolution still geworden. In dem vorzüglichen «Kritischen Wörterbuch der Französischen Revolution» von François Furet und Mona Ozouf, das 1996 in deutscher Übersetzung erschien, wird sein Name nur beiläufig erwähnt. Die Gründe für sein Verschwinden aus der ersten Reihe des Revolutionspersonals, in der er einst stand, sind nicht leicht auszumachen. Am Ende wird man es auf seine Isolierung zurückführen müssen. Er hat von 1789 bis zu seiner Hinrichtung am 5. April 1794 zusammen mit Danton und seinen Anhängern mancherlei Parteiungen angehört. Aber keine hat ernsthaft mit ihm gerechnet. Hérault de Séchelles Denkmal bleibt deswegen das unzerstörbare Porträt, das Georg Büchner in «Dantons Tod» von ihm zeichnet.

Frankfurt, 13. März 1997 *Henning Ritter*

Buchanzeige

BIBLIOTHEK DES 18. JAHRHUNDERTS

Daniel Defoe

Glück und Unglück der berühmten Moll Flanders

Beschrieben nach ihren eigenen Erinnerungen
Aus dem Englischen übertragen von Martha Erler
Mit 24 Zeichnungen von Heinz Zander
und einem Nachwort von Helmut Findeisen
1991. 450 Seiten. Leinen

Andree van Dülmen (Hrsg.)

Frauenleben im 18. Jahrhundert

1992. 436 Seiten mit fünf Abbildungen. Leinen

Benjamin Franklin

Autobiographie

Mit einem Nachwort von Klaus Harpprecht
Zweite, überarbeitete Auflage. 1997. 279 Seiten
mit 12 Abbildungen nach zeitgenössischen Vorlagen. Leinen

Johann Wolfgang Goethe

Maximen und Reflexionen

Mit einem Nachwort von Walther Killy
und Anmerkungen von Irmtraut Schmid
1989. 342 Seiten. Leinen

Julie de Lespinasse

Briefe einer Leidenschaft 1773–1776

Übersetzt und herausgegeben von Johannes Willms
1997. 540 Seiten mit einer Abbildung als Frontispiz. Leinen

VERLAG C. H. BECK MÜNCHEN